MERIDIANE

Aus aller Welt

Band 120

Christian Zehnder

Gustavs Traum

Erzählung

Ammann Verlag

Der Verlag dankt der Stadt Bern
und SWISSLOS/Amt für Kultur des Kantons Bern
für die Druckkostenbeiträge.

Erste Auflage 2008

www.ammann.ch
Satz: Gaby Michel, Hamburg
Druck und Bindung: Freiburger Graphische Betriebe
ISBN 978-3-250-60120-3

I

Was für sie einmal die Allee der Verführung gewesen war, wurde später zum Wald, in dem ihr Kind Blätter sammelte. Viele Bäume waren nicht vonnöten. Büsche gab es keine. Der Boden war nicht übersät mit Tannennadeln. Die Steine schimmerten nicht grün von Moos; das Farbigste blieben die gelben Flechten. Zwischen den in zwei Reihen stehenden Pappeln verlief ein schmaler Kanal. So weit das Auge reichte, machte er keine Kurve, auch da nicht, wo er ohne Pappeln weiterfloß.

In der Abendsonne aber, wenn die Wasseroberfläche glänzte, beugte sich der kleine Dominik über den Kanal wie über einen sprudelnden Bach. Wie im Wald berührte er die Baumstämme. Und die paar Blättchen hob er auf wie Hände voll Laub.

Veronika gab sich Mühe, nicht in tänzerische Schritte zu verfallen, und Gustav lag es fern, sich die Landschaft anders vorzustellen, als sie war.

An grauen Tagen gingen sie zum Spielen hinaus.

Dominik schoß mit einem zierlichen Bogen Pfeile übers Feld. Gustav ließ den Drachen steigen. Veronika nahm ein Buch hervor und erzählte eine Geschichte daraus.

Irgendwann blieb der Drachen in den Baumkronen hängen, und die Pfeile lagen verteilt am Boden. Veronika wurde von Gustav unterbrochen: »Ich glaube dir kein Wort, eine solche Blume gibt es nicht! Bitte, lies, wie es geschrieben steht!«

Sie warf ihm das Buch vor die Füße, sah nach dem Kind, das auf dem Feld die Pfeile zusammensuchte, und ging zurück Richtung Stadt.

Gustav lehnte sich mit dem Buch gegen einen Baum und schickte sich an, die Geschichte im Wortlaut zu lesen. Dominik stand mit dem Köcher klappernd vor ihm, ein später Abkömmling sagenhafter Helden.

Gustav las, blätterte sauber, sein Mund stand offen. Dominik blickte zum ihm hoch, erst mit großen Augen, nach einer Weile geduldig und endlich nachsichtig. Der Vater wendete die Seiten vor und zurück: »Wie sollte ich dir die Geschichte vorlesen? Sie ist weder schön noch lehrreich!«

Ein bißchen fürchtete sich Dominik. Fast hätte er sich gefragt, wer genau der Mensch vor ihm sei.

Und könnte der Vater nicht plötzlich unter Zetern das Buch in Stücke reißen? In dem Moment knackte es in der Pappel, und der Drachen fiel ihnen surrend vor die Füße.

So eng verbunden die drei waren, so oft sah man sie einzeln. Waren sie auf verschiedene Orte verstreut, wunderte das niemanden. Verwunderlicher war, wie wenig sie verweilten. Nicht selten ging der kleine Dominik allein von Stadttor zu Stadttor. Und doch hätte niemand gesagt, man begegne ihm oft auf der Straße.

Denn immer wieder war plötzlich die Mutter da, um ihn an der Hand zu nehmen und an ein Ziel zu führen. Die Ziele waren vielfältig; in der schmalen Stadt, einer Aneinanderreihung von Plätzen und einem ungeometrischen Netz von Gassen, gingen sie in verschiedenen Elternhäusern ein und aus. Das Naheliegendste, nämlich eigene vier Wände, blieb Idee, für Veronika ein frommer Wunsch, ein Hirngespinst für Gustav.

Das Kind hätte nicht zu sagen gewußt, wo es wohnte. Die Umzüge kamen ohne Regelmäßigkeit. Im Augenblick, in dem der Knabe aus einer Tür trat, hatte er diese auch schon vergessen.

Im Elternhaus des Vaters liebte Dominik den Garten. Hier verbrachte er, in einer Schaukel, manchen Abend und erwartete die Eltern. Die Großmutter fragte aus der Küche, ob er noch da sei, ob er wenigstens Schuhe anhabe.

Wenn der Vater und die Mutter im Garten auf ihn zukamen, hätte er aus der Schaukel springen und ihnen entgegenlaufen wollen. Doch er erinnerte sich an die Dinge, die sie übereinander sagten: Er möge ein Auge haben auf Papas Gang. Ob er wisse, wie schön Mama sei.

In Veronikas Elternhaus gab es, solange Großvater und Großmutter wach waren, kein Grübeln, obwohl der Ort dazu einlud; die Wohnung lag am Hauptplatz. Es gab den großstädtischen Dunst der Frühe, das kleinstädtische Treiben des Vormittags, die Rufe von Metzgern und altertümliche Polizisten, fast noch auf Pferden. Um den Mittag gingen Geschäftsleute vorüber. Am Nachmittag wurde aus den Passanten eine überschaubare, einkaufende Masse.

In die Szenerie vertiefen konnte sich Dominik nicht, da die Großeltern sich mit ihm beschäftigten. Er drehte sich um, und vor seiner Nase fuhr eine Modelleisenbahn vorbei. Der Großvater, über die

Gleise gebeugt, imitierte Bahnhofsdurchsagen. Die Großmutter kam mit einer Kelle süßen Teigs aus der Küche und streckte sie dem Enkel entgegen.

Hier lernte er Aufmerksamkeit. Während er tat, als wäre er in ihre Darbietungen versunken, in Papierflugzeuge und Bergketten, nahm er mit einem Auge wahr, was draußen geschah: wie ein Mann zum wiederholten Mal den Platz überquerte, wie sich zwischen dem Brunnen und einem Straßenmusikanten eine Frau hinkauerte.

Erst wenn Veronika die Wohnung betrat, wurden die Großeltern ruhig. Manchmal rangierte der Großvater gerade noch eine Lokomotive, und die Großmutter wischte das Mehl vom Tisch. Vielleicht schon auf dem Weg ins Schlafzimmer fielen ihnen die Augen zu.

Veronika sah bald zum Kind, bald zu den in die Decken sinkenden Großeltern und wiegte den Kopf. Matt trat sie dann auf ihren Sohn zu. Rund um den Platz glänzten die Fenster in den letzten Sonnenstrahlen. Sie fuhr Dominik durch die Haare, und der Schein verblaßte.

Er erzählte, wie er einer Katze durch die Gassen gefolgt sei. Wie er dabei an den Hauswänden Gegenstände entdeckt habe. Er sah die Mutter an, die leeren Hände verborgen, und sie fragte ihn nichts.

Je mehr er erzählte, je weniger brauchte sie ein Beweisstück. So tauchten sie, die Abendluft im Gesicht, in die Dunkelheit.

Nun kam Gustav. Er machte aus der innig Vertieften eine Frau, die nach Vergnügungen dürstet, und aus dem hellwachen Dominik ein müdes Kind.

Sie trug das passende Abendkleid. Gustav war, wie meistens, eleganter angezogen, als man es erwartete. Dominik, an ihren Händen, mit halboffenen Augen, war gekämmt.

Sie wußten nicht, wo flanieren. Von Stadttor zu Stadttor war es keine Viertelstunde. Sollten sie in die Gäßchen einbiegen? Und am Ende den Anschein von Touristen erwecken? Sollte Veronika mit ihrem Pailletten-Dekolleté vor die Stadt hinaus in die feuchten Felder laufen?

Beim Brunnen auf dem Hauptplatz netzten sie Dominik die Stirn. Tropfen auf der Nase, fragte er: »Warum gibt es Sterne?« Sie antworteten ihm mit einem stillen Lächeln. Sie hätten selber gerne solche Fragen gestellt.

Veronika trat in Hauseingänge. Vor den Plaketten der Advokaten und Makler schimmerte sie.

Über ihren beschwingten Schritten, über Dominiks stehendem Schlaf wurde Gustav zum zufriedenen Vater.

Auf der Terrasse des Nachtcafés empfand er es als unschicklich, Leute zu kennen und ihnen seine Frau zu präsentieren. Er wollte ihr Beschützer sein.

Sie hatten ihre Bekanntheit in der Stadt. Wenn sie es sich leisten konnten, tranken sie Champagner. Mit schöneren Augen, als ihm lieb war, begab sich Veronika unter Kronleuchtern zur Toilette, und er war redseliger, als sie es an ihm mochte. Sie kehrte mit einer Traurigkeit zurück, die er in einer Umarmung vor den Nachbarn verbergen mußte.

Wurde es Winter, so kam es vor, daß sie mit größerem Übermut auf die Straße traten, doch sie blieben die einzigen, die durch die Gassen streiften, und sie waren nichts als eine ruhelose, einsame Familie.

An dem Tag, da Veronika von ihrem Plan erzählte, in der Nähe der Stadt Wohnungen zu besichtigen, beschloß Gustav, in die Werkstatt seines Vaters zurückzukehren.

Seine ersten Schritte waren ängstlich. Er ging über den Platz, gelangte am anderen Ende unter den Säulen an und fragte sich, was gestern morgen noch anders gewesen sei. Gegenüber sah er eine Armbewegung Veronikas und den Leuchtriemen, den Dominik für den Weg zum Kindergarten anlegte.

Er wäre gerne vor sie hingetreten, um ihnen den

längsten Spaziergang der Welt anzutragen. Da hatten sie bereits den Platz überquert, und er regte sich nicht. Was er ihnen nachrufen wollte, teilte er trokken einer Frau vom Markt mit: »Es wäre schön, wenn ihr nichts verändern würdet.«

Wie wenig Veronika und Dominik im Schilde führten! Sie küßte ihn, er rannte über den Hof des Kindergartens. Sie tauschte wie jeden Morgen mit anderen Müttern Blicke, in den Gesichtern waren Stolz und Furcht.

In dem Laden, in dem sie arbeitete, dachte sie nicht an die kleinen Neubauwohnungen, sondern an denselben Ort wie Gustav: an die Werkstatt seines Vaters. Sie hatten sie zum letzten Mal für Dominiks Geburt betreten.

Gustav hatte Dominik in die Arme genommen und zur Hebamme gesagt: »Kinder müssen in eine geheimnisvolle Welt hinein geborenwerden.« Die blickte zur Mutter. Veronika lag mit hellem Gesicht und rosigen Wangen auf dem Bett. Statt daß Leintücher und Wände weiß erstrahlten, flackerte neben ihr eine Kerze. Der Hebamme war es, als hätte sie ein Kind zum ersten Mal nicht in banger, sondern melancholischer Atmosphäre zur Welt gebracht. Über dem Bett in der Ecke hingen Bilder von Mondlandschaften und Morgendämmerungen, von Waldrändern im Schatten.

Über allem lag ein Schleier, ähnlich dem Dunst vor den Himmeln der Gemälde, und Veronika konnte weder weinen noch sprechen. Die Hebamme stand mit unruhigen Händen am Bett, Gustav, gekleidet, als erwarte man ihn zu einem Ball, wiegte Dominik in den Armen, feierlich und abwesend.

Veronika glaubte, sie würde in einen tiefen Schlaf sinken, doch da entsann sie sich, wie Gustav nach einem Gang übers Feld gesagt hatte: »Die Schönheit deiner Seele wird uns retten.« Sie war zu schwach, um sich aufzurichten, zu müde für einen Gesichtsausdruck, sie flüsterte: »Dominik merkt, wenn wir nicht fröhlich sind.«

Am Nachmittag stand Veronika auf einer Treppe in der neuen Siedlung, Gustav saß in der Nähe der Werkstatt auf einer Bank, und Dominik spielte auf dem Hof des Kindergartens.

Er war das letzte Kind, das noch wartete. Erst ging er die Mauern, dann die Risse im Asphalt entlang, zur Mitte, wo ein Baum war. Er hörte im Blattwerk über sich Regen und sah, wie die Stadt sich verfärbte.

Gustav erhob sich und schloß die Tür auf,

schlüpfte durch den samtenen Vorhang, wie er es als Kind hinter seinem Vater getan hatte, ging zum Stehpult und begann, leicht nach vorn geneigt, die goldenen Bilderrahmen zu erkennen. Er spürte in den Händen die Fingerspitzenarbeit, in der er ein »angehender Meister« und ein »würdiger Erbe des Vaters« gewesen war. Zum ersten Mal fragte sich Gustav, wie er seinen Stolz hatte wegwerfen können und ob er morgen würde weitermachen können, als hätte es diesen jahrelangen Streik nicht gegeben.

Es kam ihm kein Pinselstrich in den Sinn und kein noch so leises Kratzgeräusch.

Veronika stieg mit einem Makler die Treppe hinauf. In einem der oberen Stockwerke führte er sie durch eine Tür.

Sie mußte über die zusammenhanglose Weiße der Räume lachen. Der Makler zeigte ihr ein Dachfenster. Tropfen fielen auf ihre Stirn. Sie sah den Himmel und die Antennen der nächsten Bauten. Der Mann stand da, als wäre das Dachfenster ein Aussichtspunkt. Später entschuldigte er sich; er habe nebenan eine weitere Führung zu machen, und bat Veronika, sich zu gedulden. Sie merkte, wie niedrig die Decken waren. Sie setzte sich gegenüber der Balkontür und atmete ein Gemisch aus Farbgeruch und regnerischer Luft ein. Die Wände schienen grün zu werden, wie wenn sich daran Tang gebildet hätte.

Sie sehnte sich nach Sprödheit. Es kamen ihr die Risse in Gemälden auf Holz in den Sinn. Sie dachte an das Kratzen, von dem Gustav früher gesprochen hatte, und an den keramikartigen Staub auf den Fingern. Sie saß in einer Ecke und hoffte, daß in dieser Stunde niemand an sie dachte.

Dominik, durchnäßt und entfernter von den Eltern als je, weinte. Er trat aus dem Hof und ging von Platz zu Platz. Es zog ihn nicht zu einer Wohnung.

Nirgends wurden seine Schritte flinker oder sein Herz ruhiger. Als er später in einer Pfütze die Arme ausstreckte und einen Hüpfer machte, entstand in ihm Gleichmut.

In der Nähe schlich Gustav durch die Gassen. Veronika suchte in der Siedlung vor der Stadt auf verschiedenen Etagen einen Menschen, um von ihrer Enttäuschung zu erzählen.

Sie wußten nicht, was sie an den alten Wohnungen hatten, sie sahen lediglich, daß sie sie nicht verlassen konnten. Die Großeltern beobachteten ihr Kommen und Gehen wie eine notwendige Reise, froh, sie selbst nicht unternehmen zu müssen.

Gustav schritt die angelehnten, aufgehängten

und liegenden Gemälde ab und betrachtete sie mit immer weiter ausgestrecktem Hals. Eine Spur seiner Abwesenheit gab es: Der Boden war mit einer Schicht metallischen Staubes überzogen. Gustav wischte sie weg, im Arbeitsmantel, und ließ das anthrazitfarbene Häuflein liegen. Er zog den Vorhang eine Armlänge weit auf. Das Licht strömte in der Frühe auf die Gasse hinaus, und die Leute stolperten fast über den Schein.

Er dachte an die Wärme des Geschmacks und die Kühle der Handgriffe, wie sie seinem Vater vorgeschwebt hatten, und staunte, wie traumwandlerisch er sich als Jüngling in diesem Reich bewegt hatte.

Manchmal ahnte Dominik, daß die Großmutter auch in seinen Händen eine akribische Begabung suchte.

Als er schon zur Schule ging, nahm ihn Veronika einmal mit und zeigte ihm den Vater hinter dem Vorhang. Gustav stand vor dem Bild eines Prinzen, der einen Federbausch, einen weißen, mit schwarzem Fell gefütterten Mantel, einen Säbel und gelbe Stiefel trug. In der Hand hatte er ein grünes Buch. Über ihm war ein Fenster, durch das sich der Himmel zeigte.

»Klopf an und geh zu Papa hinein«, sagte sie, berührte ihn am Arm und entfernte sich. Vor dem Gemälde hatte sie vor Jahren mit Gustav gestanden und gesagt: »Ich bin der Prinz, sieh, wie weiblich sein Gesicht!« – »Vielmehr bin ich der Prinz«, hatte er entgegnet, »er stützt den Arm in die Hüfte wie ich!« Ihnen war es, als bewegten sich die Wolken über seinem Kopf. Sie blieben zusammen.

Als nun sein Sohn hereinkam, schreckte Gustav auf. Sogleich hatte er ein Tuch zur Hand und spannte es vor das Bild, in der Absicht, Dominik zu beschützen. Der nahm das Tuch und ließ es zu Boden gleiten.

Er fühlte sich zum ersten Mal erwachsen, und der Vater seit langer Zeit wieder wie ein Kind. Der Prinz, vor ihnen, blieb ohne Alter und glühte vor Adel.

Sie versuchten, sich die Rollen wieder abzunehmen. Sie bewegten sich steif, fast auf den Zehenspitzen.

Mehr Höflichkeit ist nicht auszudenken, und sei es in einem fernen Jahrhundert, auf einem Schloß, in einem friedliebenden Fürstentum.

Wie fruchtlos sie war, die Höflichkeit!

Nach einer Weile entnahm Gustav seinem Kittel einen Kamm, setzte ihn an seinen Scheitel und wartete. Er überlegte, wo und für wen er sich betätigen würde. Was mit den Sammlern und Händlern geschehen sein mochte, die einst Bilder und Rahmen von ihm restaurieren ließen?

Veronika hatte ihnen geschrieben, es ließe sich nach dem Hinschied des Vaters für den Sohn kein »Sozius finden, als würden seine Hände zusehends zarter und jene der Bewerber grobschlächtiger«.

Dominik hatte einen Kreisel gefunden und auf dem Boden zu spielen begonnen. Er kroch zwischen den Staffeleien durch die Werkstatt und betrachtete die Gemälde so flüchtig und streng wie Kinderbücher. Die Ratlosigkeit des Vaters durchschaute er nicht mehr.

An Dominiks zehntem Geburtstag hatten die Kinder einen ähnlichen Eindruck von Gustav. Den Hut auf dem Kopf, ging er im Garten umher und gab ihnen die Hand. Den Mädchen fuhr er verlegen durchs Haar.

Als Veronika die Kinder auf die Terrasse rief für die Bescherung, schaute Gustav zu und rühmte das Geschenk, das am schönsten eingepackt war, von einem Mädchen namens Kathrin. Dominik errötete beim Öffnen des Schächtelchens. Gustav errötete mit und wandte sich mit geschlossenen Augen ab, so viel Sehnsucht erfüllte ihn. Er stand über die Farne geneigt am Zaun, als sein Sohn dem Mädchen einen Kuß auf die Hand gab. Ein Flüstern ging durch die Runde. Die Kinder dachten von Kathrin, sie hätte etwas verstanden, das ihnen entging. Als sie von der Torte gegessen hatte, fragte sie, ob sie aus den Blümchen im Gras einen Kranz flechten dürfe.

Sie lud Gustav ein, ihr zu helfen. Sie staunte über seine und er über ihre Exaktheit. Er setzte ihr den Kranz auf. Da trat Veronika mit den anderen Mädchen hinzu, ihr Blick sagte: »Du mußt deine Gespielin nicht gleich krönen.«

Obwohl Kathrin nichts dagegen gehabt hätte, die einzige zu bleiben, zeigte sie allen, wie die Blumen ineinanderzuflechten seien. Die Knaben näherten sich. Nach einer Weile wirkten sie gemeinsam mit den Mädchen an Kränzen.

Dominik konnte nicht umhin, Kathrin zu betrachten. Mit derselben Neugier versuchte er das Vogelnest im Haselstrauch anzuschauen, die Fenster, den Wasserhahn.

Den Mädchen erschien es seltsam, ein Werk auf dem Kopf zu tragen, das nicht ihres war. Die Knaben hätten gerne gewußt, ob ihnen eine Belohnung zuteil werde. Sie senkten die Köpfe, hier und da noch einen Grashalm ausreißend, und die Mädchen streckten die Rücken und hoben sogar etwas die Nase. Veronika lobte sie. Das änderte nichts.

»Ich würde ihnen die Kränze wegnehmen, wenn ich könnte«, flüsterte sie. Gustav lächelte sie mit glänzenden Augen an: »Wir dürfen nichts tun, und sollte der Tag hier auf dem Rasen in Schweigen zu Ende gehen.«

Die Kinder hörten seine Worte und warfen fragende Blicke zum Geburtstagskind. Dominik leitete sie blinzelnd an Kathrin weiter. Eine Weile ruhten sie auf ihr. Er schloß die Augen. Da hörte er, in nie dagewesener Klarheit, die Stimme des Vaters: »Ich werde euch eine Geschichte erzählen.« Gustav hob die Hand, als schwänge er einen Spazierstock.

Veronika trat zurück. Sie erwartete nichts, und doch wurde sie nervös. Strenge mißlang ihr.

Es war an einem frühen Abend in einer Zeit, begann er, die der unseren vergleichbar ist. Der Himmel hatte ähnliche Farben. In der Stadt gingen die Menschen ebenso von Platz zu Platz, nur langsamer. Die Fassaden waren silberner. Die Glocken klangen bronzener und weniger lehmig. Zwischen den Pflastersteinen der Gassen am Rande der Stadt wuchs mehr Gras und Löwenzahn. Nur selten gab es nackte Fassaden. Oft waren sie von Efeu verziert oder überwuchert von wildem Wein. Höchst selten war die Luft zwischen den Häusern still und neutral. Ein Quartier roch nach Ölen, eines, wie der Frühling, nach blühenden Blumen, eines, als würde es jeden Moment regnen. Um so wohltuender empfanden es die Menschen, wenn die Luft quirlig war und es mit einemmal feierlich nach nichts roch, wie an dem Tag, als ein Mädchen namens Veronika seinen Eltern zurief: »Wie gerne ich an einem anderen Ort wäre!« und zum ersten Mal eine Tür zuschlug.

Über die Plätze glitt sie beinahe. Am Rande der Stadt schwindelte ihr. Wie eine verlorene, zu schlicht angezogene Braut ging sie an den Leuten vorbei. Die Männer in den Gassen wichen ihr aus.

Nach einer Weile begann sich ihre Erscheinung zu verwandeln; sie legte den Schleier einer Davonstürzenden ab. Statt dessen hätte sie nun ein Mädchen sein können, das zu lange über einem Roman gesessen hatte und von den Eltern an die frische Luft geschickt worden war. Vor manchem Strauch blieb sie stehen, hielt die Hand unter die Blätter und berührte seine Beeren, sie atmete tief, aber nicht ganz frei, und hielt nachdenklich Ausschau nach einer Sitzgelegenheit.

Als sie aus den Gäßchen heraus war und zu

Häusern mit großen Gärten kam, versuchte sie so leise zu sein wie möglich. Sie stellte sich vor, wie die Leute beim Tee saßen und wie Großeltern über ihre Enkel auf der Schaukel lächelten. Doch die einen Gärten waren zu dicht umwachsen und die anderen nichts als dürr umrankte algengrüne Teiche.

Dann aber stand Veronika vor einem Haus, dessen Umzäunung aus schlanken Bäumchen und Farnwedeln bestand. Der Rasen war kurz geschnitten und leicht gewölbt. Ein junger, schwarz gekleideter Mann stand darauf, Gustav. Er war der Terrasse zugewandt, auf welche in diesem Augenblick eine Dame trat, ebenfalls in Schwarz und mit einem Schleier.

Veronika hörte, wie der junge Mann erklärte: »Ich will nicht Restaurator werden!«

Wohin wäre sie gelangt, wäre sie an jenem Garten vorbeigegangen? In eine Ebene von Windmühlen? In eine andere Stadt? In einen Wald? Oder sollte sie auf der Stelle nach Hause zurück, sich bei den Eltern entschuldigen und noch vor dem Eindunkeln ihren Alltag zwischen Wohlerzogenheit und Scharfsinn fortsetzen?

Veronika schien es, Gustav und seine Mutter würden zu Statuen einfrieren, sobald sie sich entfernte. Sie stieß mit der Hand gegen eines der

Bäumchen. Ein Rascheln entstand. Eine Libelle flog auf, und es war, als würde die Szene erst von ihrem Geräusch zum Leben erweckt. »Mein Sohn, alles ist in deine Hände gelegt.«

Anstatt zu antworten, drehte Gustav sich um und erblickte Veronika. Er erschrak mehr als sie, und doch streckte er ihr die Hand entgegen. »Hast du mir eine Mitteilung zu überbringen?« Wahrhaftig, sie hatte die Ausstrahlung einer Botin.

Sie stand nun mitten auf dem Rasen, und von der Terrasse her schritt ihr die Dame entgegen.

»Sie ist vom Weg abgekommen, und gleich wird es dunkel werden«, sagte er zu ihr. Die Dame nickte Veronika zu, der Schleier bewegte sich, und mit zittriger Stimme versetzte sie: »Wir werden doch niemandem die Gastfreundschaft verweigern, in dieser dunklen Zeit.«

Die Erwartung einer Neuigkeit ließ die Dame durchatmen. Veronika wurde willkommener und willkommener. Sie luden sie zum Tee ein. Sie setzten sich, und es war, als nähme die Last über dem Haus ab und Trauer fange an. Wurden die Worte von Mutter und Sohn nicht zusehends Gesang?

»Warum willst du nicht Restaurator werden?« fragte Veronika. Er richtete sich auf: »Ich werde dich in die Stadt zurückbegleiten.«

Doch sie ging ohne ihn. Sie rannte in einem Gäßchen an einem Akkordeonspieler vorbei.

Mittlerweile umgrenzte ein Zaun den Garten, und eine Straße führte an ihm vorbei. Auf ihr standen Väter und Mütter, die ihre Kinder abholen wollten und durch die Blätter hindurch Zuhörer von Gustavs Geschichte geworden waren. Sie wunderten sich, was an ihr »kindergerecht« sei, ja, was interessierten sie selbst die Abschweifungen eines »frühpensionierten Kunsthandwerkers«?

Unter Anleitung von Kathrins Mimik, Dominiks Verblüfftheit und Veronikas geschlossenen Augen hatten die Kinder ihm gelauscht wie einem Märchenerzähler. Darauf, daß er eine wahre Begebenheit schilderte, achteten sie nicht. Einige waren bereit, sie noch im Aufstehen zu vergessen.

Dominik dachte, Kathrin würde nun einfach bei ihm bleiben, sie könnten den Mitschülern gemeinsam nachwinken. Doch ihr Vater war als erster zur Stelle, um die Tochter zurückzufordern.

Der Abend senkte sich herab. Am Boden leuchteten kraftlos die Kränze. Da sagte Veronika, mit einer Stimme wie die der Singvögel: »Ich bitte dich, laß nicht zu, daß alles unwirklich wird.« Sie küßte Gustav. Er küßte Veronika. Dominik hörte, wie sie lachten, und sah, wie sie strahlten. Er wollte die Bilder festhalten. Doch sie schwebten davon. In dem wolkenlosen Sternenhimmel über sich sah er die Endlosigkeit. Nur mit einem Ohr hörte er noch, wie die Eltern sich ihre Namen sagten.

Gustav begann, täglich die Werkstatt aufzusuchen, und zum ersten Mal zeigte sich bei ihm eine Neigung zu häuslichem Leben. Er kam und sagte: »Wie schade, daß wir nicht Feuer machen und uns am Kamin gütlich tun!« Nach dem Essen trat er ans Fenster: »Wenn es euch nicht stört, so schmauche ich jetzt mein Pfeifchen.« Oder er sah Veronika in die Augen: »Heute werde ich an einem lauschigen Plätzchen ein gutes Buch lesen.«

Veronika beruhigte, daß er noch immer überall die Fenster aufriß, daß er zwar eine Pfeife, aber keinen Tabak besaß und daß er sich für die Sonntagslektüre weder einen Ort noch ein Werk vorstellte.

Dominik hatte zum ersten Mal das Gefühl, sein Vater sei ein einfacher Mensch, und lächelte milde über ihn. Indessen färbte Gustavs Manier bereits auf ihn ab: »Niemals soll es mir an Respekt vor dem Vater gebrechen.« Veronika fragte, wo er diese Worte herhabe. Dominik erwiderte, so spreche heutzutage jedermann.

Gustav hatte sich in der Werkstatt mit biedermeierlichen Gemälden, Stichen und Kalendern umgeben. Auf dem Tisch ließ er einen Strauß Rosen verwelken, wartete auf Veronika und sagte: »Sieh, die Vergänglichkeit.« Während sie die Kulisse betrachtete, trat Dominik in einem Gesellenmäntelchen hervor. Da schüttelte Veronika den Kopf: »Von wessen Vergänglichkeit, bitte, ist hier die Rede?«

Gustav sah, daß eine ungeahnte Strenge über sie gekommen war. Sie stand da wie die Klugheit selbst. Verzweifelt rief er: »Veronika, nicht so eilig, sachte!«

Sie wandten sich von den leuchtenden Rosen ab. Er versuchte, sich in die Betrachtung eines Gemäldes zu vertiefen, einer Stadt in dunstigem Morgenlicht. Dominik machte Hausaufgaben. Veronika ging zur Tür, schmiegte sich an den samtenen Vorhang und wickelte sich in ihn ein.

Dann verließ sie die Werkstatt, ging eine Tasche voll Bücher kaufen und wurde zu Hause bei den Eltern wieder die Romanleserin, die sie gewesen war. Ein trotzigeres Bild hätte es nicht geben können. Sie beugte sich über das unbenutzte Stehpult im Wohnzimmer und zerlas hastig die Seiten.

Zur selben Zeit begann Gustav, die Gemälde

und Sprüche wegzustellen. Er sagte: »Wir wurden von Mama eines Besseren belehrt.«

Sie war von da an bestenfalls höflich. Wünschte er von ihr eine Berührung oder schlug er vor zu flanieren, pflegte sie zu erwidern: »Ich muß lesen.« Sie wußte nicht, was sagen, wenn Dominik von der Schule zurückkam, und er verstand sie nicht, wenn sie vom Buch aufsah.

Gustav wurde mit jedem Tag ohnmächtiger, und Veronika ließ ihn so frei umherirren, daß er sich nach einer Stelle auf einem Amt sehnte.

Als Restaurator gab es für ihn keinen Anfang mehr. In der Werkstatt sitzend, dachte er, es müßten alle Gemälde der Welt bereits restauriert sein, oder so tief in Untergeschossen vergraben oder so mutlos aufgehängt in Nebenzimmern, daß es sie nicht mehr gab.

So ging er nur noch wegen des Prinzen mit den gelben Schuhen ins Atelier. In seiner Gegenwart dachte er an Veronika und Dominik.

Einmal traf er den Sohn in der Stadt mit einem Mädchen an, Kathrin. Da er nicht fassen konnte, wie sehr die beiden gewachsen waren, sagte er: »Ihr dürftet ein bißchen mehr Rücksicht auf mich nehmen! Habe ich euch etwa vergessen?«

Dominik fragte sich, wie er in Schulaufsätzen von seinem Vater hatte schwärmen, und Kathrin, wie sie ihn im Tagebuch ihren Traummann hatte nennen können.

Als sie an der Werkstatt vorbeigingen, ohne sich bemerkbar zu machen, trat Gustav auf die Straße, verfolgte sie bis unters Stadttor und rief: »Wenn du dich so aufführst, werde ich bald nicht mehr wissen, warum ich stolz sein sollte auf dich.« Ebendies habe er nicht nötig, sagte Dominik sich, und sie gingen weiter.

Der Himmel war rosarot, und es wehte ein Wind. In der Nähe der Pappelallee befand sich eine Sportanlage. Flutlicht wurde eingeschaltet.

Auf der anderen Seite des Rasens erblickten sie Gustav, gestikulierend wie in Zeitlupe. Er war der einzige, der mit keinem der Spieler verwandt war, und als einziger ereiferte er sich.

Sie sprachen über ihn wie über jemanden, den sie schon einmal gesehen hatten.

Gustav überlegte sich, wie er Dominik zum Sport bringen könnte. Veronika nahm die Idee als Beweis seines »Abschieds von der Wirklichkeit«. Er beharrte: »Wir werden hingehen und uns erfreuen.« Veronika empfand Mitleid für ihn.

Dominik aber zeigte sich zu Gustavs Überra-
schung für den Plan empfänglich. Er sah darin die
Gelegenheit, etwas anderes zu tun, als nachzuden-
ken. Zu Kathrin sagte er: »Um die Gepflogenheiten
solcher Menschen kennenzulernen, werde ich hinge-
hen.«

Auch sie war schließlich dafür. Sie erinnerte sich
an Ballett, an ihren früh gedehnten Körper und an
die Erwartungen ihrer Eltern.

Dominik erwies sich als begabt; er wurde als
Spätzünder in die Mannschaft aufgenommen. Es
gelang ihm, seine Nachdenklichkeit vor den Mit-
spielern zu verbergen. Wenn der Vater, zu gut ge-
kleidet, neben dem Trainingsgelände auftauchte,
sagte er: »Das ist mein Onkel.« Kathrin stellte er
ihnen als Cousine vor.

»Warum steht der da und sagt kein Wort, und
du grüßt ihn nicht?« wurde er nach einigen Wochen
gefragt. Der Onkel müsse schüchtern sein, antwor-
tete er.

Wenn man ihm auf die Schulter klopfte, konnte
er Worte von sich geben wie »Das packen wir!« oder
»Da müssen wir durch!«. Dabei fühlte er sich fast
schwerelos.

Auf diese Weise machte Dominik Bekannt-
schaft mit der Gegenwart, Gustav mit der Zukunft:

»Fünf Jahre hart trainieren, und wir haben's. Wo er es schon in den Füßen hat!« Schließlich ging auch Veronika zuschauen, nichts anderes erwartend als einen Weltuntergang.

Wie staunte sie, als sie zwischen den nervösen Vätern eine Sehnsucht verspürte, die sie verschwunden geglaubt hatte.

Den Tag über war der Himmel glühend weiß und die Luft von Nieselregen erfüllt. Nun bildeten sich schwarze Wolken. Sie senkten sich herab. Sie ergossen sich über das Land. Veronikas hochgebundenes Haar löste sich und fiel ihr über die Schultern. Ihr geblümtes Kleid begann zu schimmern.

Von der anderen Seite des Feldes kam Gustav dazu, in einer Art Frack. Veronika rief: »Wo haben Sie Ihr Pferd gelassen, mein Herr?« und streckte die Arme nach ihm aus. Er antwortete: »Veronika, ich besitze kein Pferd.«

Kathrin trat mit einem Regenschirmchen hinzu: »Nun, Herr Graf, haben Sie Ihre Ländereien abgeritten?« Gustav zuckte die Schultern: »Welche Ländereien, Kathrin?«

Sie sahen sich vereint in Besorgnis über seinen Zustand. Wurde Dominik der Ball zugespielt, erhob Gustav die Hände und öffnete den Mund, blieb stumm und verfolgte den Spielzug nicht weiter, sondern drehte sich um zu den Frauen, im Wunsch, Dominik gemeinsam mit ihnen zu loben.

Der spielte, verbesserte sich, wurde unverzichtbar. Er machte weder Fehler, noch schoß er Tore. Seine Anhänger waren stets zugegen. Halb waren sie von einer unsichtbaren Ehrenloge umgeben, halb galten sie als Spielverderber; immer wich man ein Stück weit vor ihnen zurück.

Folgende Worte Gustavs bedeuteten das Ende von Dominiks Laufbahn: »Meine Lieben, ich werde alt und schwach.« Der Sohn befand sich in der Nähe, drehte sich nach der Stimme des Vaters um, ein Ball rollte zwischen seinen Beinen hindurch, und das Spiel ging ohne ihn weiter.

Gustav, Veronika und Kathrin ließ er am Spielfeldrand stehen und machte sich auf den Weg nach Hause.

Nun fünfzehn Jahre alt, wurde Dominik zum Kaffeehausgänger. Wo immer möglich, strebte er danach, in Stimmungen aufzugehen. Sah er ein geeignetes Detail, und sei es ein Lichtstrahl, setzte er sich und wartete, bis die Gedanken verschwammen. Er regte sich kaum noch.

Gustav ging weiterhin zu den Spielen vor dem Stadttor. Auf dem Rückweg setzte er sich einmal vor Müdigkeit auf die Wiese, legte den Stock auf den Schoß und seufzte. Wie gerne wäre er jetzt in der Werkstatt gewesen und hätte eine Arbeit angefangen.

Es war Nacht, als er von Kathrin gefunden und nach Hause gebracht wurde. Veronika bettete ihn. Zu pflegen gab es nichts. Er lag in schlichtem Tiefschlaf.

Sie führte Kathrin ins Wohnzimmer und sah ihr in die Augen. »Warum, Mädchen, verstehst du immer alles und bist so streng? Das Verstehen ist weiter nichts als ein Häufchen Staub.«

Auch das verstand Kathrin. Sie eilte in die Stadt, um Dominik nach Hause zu holen. Dort trat er vor den Vater, ein schlafendes Männchen, und neben die Mutter, die dasaß wie in einem Gemälde. Nichts war ihm klar, noch empfand er etwas.

Veronika dachte an Gustavs welke Rosen. Einen Moment lang strahlte sie, so wahr schienen sie ihr. Dann sagte sie: »O großes Versäumnis.« Draußen wirbelte der Wind Blätter durch die Luft, sie streiften die Fenster.

Dominik vernahm ihre Worte, und es war ihm zumute wie früher, als er zu ihr aufsah und sich wünschte, sie bis in die Tiefe der Seele zu kennen.

Den Vater brachte ihm das nicht näher. Was

Dominiks Bild von Gustav ausgemacht hatte: die Gänge von Wohnung zu Wohnung, die Tröstungen Veronikas, die kurzen, heftigen Umarmungen des Kindes, alles war aufgezehrt.

Wieder wollte er sein Sohn sein, und wieder gelang es ihm nicht. Er wollte ihm etwas zuliebe tun, nur was – wenn er so bescheiden dalag und nichts brauchte?

»Laßt gut sein, es wird schon wieder«, sagte Gustav, als er erwachte, und begann sogleich in der Wohnung zu spazieren. Trat Veronika ihm entgegen, mit leicht ausgebreiteten Armen, so winkte er ab und schritt weiter. Was fehlte, war eine Bank, einige Bäume, ein Stück Rasen, ein Brunnen.

Dominik und Kathrin kamen, um nach ihm zu fragen. »Was wollt ihr eigentlich hören?« wandte Veronika sich dann an sie, »man könnte meinen, ihr kämet, um etwas zu holen!«

Sie bestanden darauf, täglich die Nachricht zu bekommen, es habe sich nichts verändert.

Mitten in der Nacht faßte Veronika Gustav an der Schulter: »Erinnerst du dich an unser Leben?« Er gab zur Antwort: »Mir ist, es sei in überaus geraden Bahnen verlaufen.« Im Licht der Laternen, das vom Platz heraufschien, flossen ihr Tränen über die

Wangen. »Ich glaube, ich verschwinde. Du aber wirst bei mir bleiben.«

Bald darauf brachte Veronika Gustav ins Haus seiner Mutter. Die Mutter führte ihn in den Garten. Sie wickelte ihn in Decken und setzte ihn auf die Terrasse. Sie mischte Getränke aus Kräutern. Er trank, und sie wiegte seinen Stuhl. Auf dem Rasen stand Veronika: »Komm, wir wollen den Zaun ausreißen!« Er erhob sich, die Mutter stützte ihn. Er sank zurück. Veronika lächelte und sah, es wäre das erste Mal gewesen, daß sie zusammen »etwas anpacken«.

Die letzten Blätter fielen. Reif breitete sich über den Garten.

Sie zog mit ihm ein weiteres Mal um, auf Gustavs nicht geäußerten Wunsch hin, in die Werkstatt. Sie fanden sie eisig vor. Das Metall gefror, und das Holz knirschte vor Frische. Während Veronika einheizte, stand Gustav an den Ofen gelehnt. Für Minuten sah er aus wie ein etwas verlebter Mann von Welt, mit Mantel und tadellos geknotetem Halstuch. Danach, im Sessel, wie der Meister, der sich zum letzten Mal in seinem Atelier aufhält. Auf der von Veronika bereiteten Liege dann wie das Meisterlein, das es versäumt hat, seinen Abgang vorzubereiten.

Veronika war nicht Tag und Nacht bei ihm; sie

arbeitete weiter. Aber sie fand die alte Gabe wieder, am rechten Ort zu sein. Und sie wußte, wie sie mit Gustavs Mutter zu sprechen hatte, um nicht den Eindruck zu erwecken, ihr komme die Wirklichkeit abhanden. Im Gegenteil, Gustavs Mutter wurde vorwurfslos. Sie ging der Schwiegertochter zur Hand wie einer Kollegin.

Kamen die Eltern Veronikas, so legten sie zuvor in der Gasse ihren krämerischen Geist ab. Aufmerksam sahen sie sich um und waren voll Vertrauen.

Gustav war nicht mehr erreichbar. Es blieb ihm der Wunsch, so lange wie möglich neben Veronika weiterzuleben.

Sie allein wußte um seine Schmerzen, nur bei ihr wagte er, Wasser zu verlangen, wenn ihn dürstete.

Bei seinen Besuchen war Dominik überrascht von der Gleichmut im Gesicht seines Vaters. Er hätte ihn gerne an Erlebnisse aus der Kindheit erinnert, nur an welche?

Er blieb nun oft in der Werkstatt. Auf einem Stuhl saß er, neben der Liege, und dachte: »Ist es möglich, daß ich diesen Menschen nicht kenne?«

Kathrin ging durch die Straßen und besuchte Cafés. Zwischendurch kehrte sie zurück und teilte mit: »Der Himmel ist grau, die Flocken sind leicht und fröhlich. Die Menschen sind, wenn ich mich nicht täusche, wie immer.« Sie wurde zur Kundschafterin ohne Aufgabe. Schob sie den Vorhang zur Seite und zog Schal und Handschuhe aus, so wurde Gustav und Veronika leicht zumute, und Dominik war es, als stünde seine Schwester vor ihm.

Als draußen das Eis schmolz und die Wintersonne die Stadt in ein fahles Orange tauchte, trat Dominik in die Abstellkammer und kam mit dem Bildnis des Prinzen zurück.

Die Mutter ließ ein dampfendes Frotteetuch fallen. Der Vater richtete sich auf aus den Kissen.

Veronika zog ihre Strickjacke aus. Langsam löste sie ihr Haar, es fiel auf die Schultern. »Stellt euch vor, wir streiften durch die Flure des weitläufigen Schlosses und entdeckten verborgene Zimmer.« Gustav sagte: »Das Fenster. Der Himmel. Die Wolken. Sie zogen in den Saal und machten alles luftig.« Er lächelte, aus beiden Augen rann eine Träne. Sein Gesicht verjüngte sich.

In diesem Augenblick stellte sich Dominik die Frage: »Wie kann mein Herz so erfüllt sein?« Da zog Veronika den alten, schweren Vorhang zur Seite und riß beide Türflügel auf.

Der Winter strömte herein. Vermischt mit dem

wächsernen Geruch um Gustav, kam in den klirrenden Luftzug das Leben einer aufblühenden Wiese.

Veronika blieb Botin, Dominik Zeuge, Gustav Betrachter. Er sagte: »Veronika, ich begehre dich wie am ersten Tag.« Sie erwiderte: »Denkst du, ich sei vor dem Verblühen gefeit?« Dominik sah, wie sie sich küßten, und fragte sich, ob Vergehen vielleicht mehr sei als reiner Schmuck des Lebens?

Ende März trugen Dominik und Kathrin in der Frühe die gußeiserne Liege aus der Werkstatt, durchs Stadttor, aufs freie Feld.

Veronika setzte Gustav auf ein Fahrrad und schob ihn durch die Dämmerung. Nicht zu nah bei der Sportanlage, in einiger Entfernung von den Pappeln und dem Kanal fanden sie das Lager.

In den Halmen flüsterte der Wind. In den Pappeln rauschte er. Sie betteten Gustav. Sein Gesicht war hell, sein Atem war dünn. Tau umgab die Bettstatt wie ein zweites Gewässer. Der Wind nahm ihn von den Gräsern, und er verteilte sich neu.

Dominik und Kathrin holten Decken und Tücher nach, Stühle, einen Tisch, eine Vase, einen Sonnen- oder Regenschirm, ein Buch. Sie sahen dann, daß es sich erübrigte, ein Stilleben aufzubauen, daß schon die Art, wie sie ihn umstanden, einen malerischen Reigen ergab.

Es war neblig. Später zeigte sich die Sonne. Gegen Mittag verdunsteten die letzten Wolken. Eine große Milde war über die Gesichter ausgegossen. Kathrin spannte Gustav den Schirm auf. Wie unbekannt ihm die Sonne war!

Dominik brachte am Nachmittag das Bild des Prinzen, in ein Tuch gehüllt. Er lehnte es an einen Stuhl. Kathrin rannte nach weiteren Gegenständen. Gustav wehrte sich nicht gegen sie. Mit Handbewegungen wußte er sie auf den Boden zu verweisen.

Veronika hielt seine Hände. Ihre Augen schimmerten in der Frühlingssonne. Da hob er den Kopf vom Kissen: »Ich erinnere mich, wie ich dir ansah, daß ich dich liebe.« Und er beschrieb in einem Satz Veronikas Gesicht.

Er erzählte von einem Teich und von Trauerweiden. »Ich erinnere mich an die Zeit, als es mich nicht mehr gab, weil es nur noch dich gab, Veronika. Wir rannten durch eine Gasse, und ich berührte deinen Arm.«

Ein feiner Regen setzte ein. Wie eine Spaziergängerin tauchte Gustavs Mutter auf: »Mein Sohn, wenn es doch deine Mutter wäre, die da liegt.« Keinen Augenblick setzte sie sich. Sie stand in einem

Regenmantel da. Es war, als sähe sie auf und dankte den Tropfen.

Dominik dachte: »Nur passieren darf jetzt nichts mehr.«

Es hörte noch der Regen auf. Es wurde wohl noch ein Grad wärmer. Von irgendwoher hatte Kathrin einen Priester geholt. Bevor Gustav entschlief, glitzerte in einzelnen, klaren Strahlen am Horizont noch einmal die Sonne. Und obwohl die ganze Nacht lang niemand die Augen von Gustav nahm, war ihnen am Morgen, als wären sie den Träumen nie so nahe gewesen.

11

Viele dachten, Gustav »passe ja ins Jenseits«, und entdeckten, wie schlicht sie in Trauer waren.

Veronika und Dominik ahnten, was allein sie ihm schuldig waren: Mutter und Sohn zu sein.

Bei Nacht und Nebel stiegen sie in einen Bus und hinterließen in beiden Haushalten einen Brief, ohne Erklärungen, ohne Geheimnisse.

Zwischen den dösenden Passagieren sahen sie sich an und staunten, wie sehr diese Reise ihre gemeinsame Sache war. Keine Winke gab es zwischen ihnen, keine Einladungen zur Andacht. Beide trugen sie Bilder von Gustav bei sich, in Gold gerahmt. Nie nahm einer das seine zur Hand. Nie wandte sich der eine zum anderen mit einem Gelöbnis.

Als sie wenige Stunden später ausstiegen, dampfte vor ihnen die Straße. Einer Flußbiegung entlang stand der Verkehr. Fassaden und Brücken, obwohl von Sonne beschienen, waren dunstig.

Die Schatten der Menschen wurden kürzer und

kamen auf eine Handbreit an ihre Füße heran. Während sie sich wieder dehnten, zogen Veronika und Dominik mit einer kaum leserlichen Anschrift auf einem Zettel durch die Vorstadt. Noch und noch übersahen sie Statuen, Brunnen und Kirchen.

Statt dessen betraten sie einen Hinterhof nach dem andern. Es lag verschieden viel Bauschutt in ihnen. In den einen waren die Blätter im Sand fast schwarz, in den anderen hell wie spiegelndes Wasser.

Das Zimmer, das sie suchten, gab es. Am Abend saßen sie darin auf Matratzen. Durch die Fenster fiel graues Licht auf ihre Gesichter. Ein Summen drang herein. Veronika hängte ein Bild auf. Sie kochte Wasser und gab Dominik Tee. Danach wusch sie sich und zog erst jetzt ein Sommerkleid an.

Plötzlich durchfuhr Dominik ein Gefühl. Überwältigt von ihrer Schönheit, trat er auf die Mutter zu und berührte ihren Rücken.

Auf der Straße waren sie zu warm gekleidet.

Sie gingen geschwind. Manchmal blieben sie vor einem Hauseingang stehen, manchmal erkundigten sie sich nach einem Park. Sie schritten ihn ab, aber sie verweilten nicht darin. Sie wünschten nichts. »Wir sind zusammen in einer großen Stadt«, war alles, was sie gesagt hätten. Fing Veronika inmitten der Menschen zu weinen an, so wußte Dominik, was geschah, und tat das Richtige. Er nahm die Mutter bei der Hand.

Zu Hause aßen und tranken sie. Wenn sich ein Schimmer von Zufriedenheit auf ihr Gesicht legte, war er dem Lächeln nahe. Sie las ihm wieder Geschichten vor. Er hielt den Atem an. Ein bißchen waren beide erstaunt, die Menschen und Geschehnisse darin unversehrt anzutreffen.

Einmal folgte ihnen am Abend ein Hund bis ins Haus. Veronika erstarrte, Dominik nahm einen Stuhl und wollte sie beschützen. Doch auch er hörte auf, sich zu regen, und sie hörten dem Gebell zu, bis es verstummte.

Ein andermal kam eine schimpfende alte Frau zu ihnen herein. Man müsse das Fenster schließen, wenn man sänge. »Möglicherweise sang ich im Traum«, sagte Veronika. Die Frau verließ kopfschüttelnd rückwärts den Raum.

Als würden sie für etwas belohnt, fand die Mutter eine Arbeit und der Sohn ein Gymnasium, wo sein letztes Schuljahr begann. Sie fragten sich, ob sie das verdienten. Ob sich ihre Tage ändern durften?

Sie rief ihm sein Musterschülertum in Erinnerung, er ihr den Gleichmut.

So trennten sich erstmals in diesem Sommer ihre Wege. Die waren von Preßlufthämmern gesäumt, führten über Märkte und Kreuzungen. Das Licht verlor seine gläserne Härte, sein Flimmern glättete sich. Erst jetzt begann die Stadt in ihren Farben zu glühen.

Vor einer wandtafelgroßen Karte der Alten Welt dachte er an Kathrin. Wie fern sie ihm erschien! Zwar sah er sie Kränze flechtend als kleines Mädchen und dann über das Feld laufend mit dem Priester, wußte aber nicht, was er in der Zeit dazwischen, von Klasse zu Klasse, mit ihr geteilt hatte.

Er gab dem Lehrer Antwort, erblickte strebsame, unanständige und strenge Mädchen, melancholische und dumpfe Knaben um sich. Zweifeln konnte er an nichts.

Auf einer Bank gegenüber marmornen Statuen lernte er über den Mittag Gedichte auswendig. »Was ist ein Mensch, was ist er nicht?« sagte er auf dem Heimweg, ohne Schwärmen, froh, daß es Worte gab. Er wollte sie zu Hause der Mutter vortragen, ließ es aber sein, da er glaubte, sie werde ihn dafür rühmen.

Sie drehte sich zu ihm um, ihre lichte Gestalt ließ ihn die Augen schließen. Er sagte: »Wenn einer der großen Dichter dir begegnet wäre... so wäre er jetzt vielleicht noch unsterblicher.« Sie öffnete ihr Haar: »Stell dir vor, auf der Arbeit nennen sie mich Fräulein.«

Bald bekam sie Einladungen von Männern. Als sie mit Blumen nach Hause kam, wies Dominik sie zurecht. Er warf die Tulpen und Nelken in den Hof. Er nahm die Mutter mit in die Stadt. Herren in Mänteln, mit Zeitungen unter dem Arm, kreuzten sie, ansonsten waren sie allein. Er kaufte an einer Ecke ein Brot und trug es mit sich herum. Nach einer Weile nahm Veronika es ihm aus der Hand, gab es einem Bettler und sagte: »Auf Dauer sind wir zu schwach, Papa gebührlich zu vermissen.«

Der Dunst war von der Morgensonne erleuchtet. Dominik hielt sich am Arm der Mutter fest. Wie sehr er von ihrer Klarheit abhing!

Im Dezember schmückte sie das Zimmer. Sie gab ihm so viel Form, daß sich darin Trauer und Fröhlichkeit zu spiegeln begannen.

Sie öffneten das Fenster und sahen in den milchigen Nachthimmel. Spät dachten sie an Eltern, Großeltern und Bekannte, ohne sich nach ihnen zu sehnen. Sie wähnten sich nicht auf der Flucht und nicht in der Fremde.

Lange nach dem Mitternachtsläuten fingen sie an, Briefe zu schreiben. Seitenlang berichteten sie von der Stadt und den Betätigungen, vom Wetter und den Geräuschen, von der »geräumigen Wohnung«. Und doch klangen die Zeilen eher wie Angaben über Verstecke in einer weit sich hinziehenden Landschaft.

Im neuen Jahr vergrößerte sich Dominiks Ehrgeiz. Ganze Nachmittage verbrachte er in der Bibliothek. Er holte sich Bände aus allen Ländern und Zeiten, blätterte, übersetzte. Nur manchmal ließ er sich von ihrem Gewicht entmutigen. Am Ende erhob er sich in der Zufriedenheit des Verstehens. Den Schulhof in Mantel, Handschuhen, Mütze und Schal überquerend, war ihm nach Pfeifen.

Er wurde zum »Salon« einer Mitschülerin eingeladen, die außerhalb der Stadt in einer Villa wohnte. Knaben und Mädchen aus den oberen Klassen versammelten sich. Die Eltern der Gastgeberin führten durch die Räume. Sie sagte: »Wir haben die Ehre, den vielversprechenden Dominik zu begrüßen.« Ein Nicken und Murmeln ging durch die Runde wie durch eine Gesellschaft von Herren in Fräcken und gepuderten Damen.

Man betrachtete Gemälde, hörte Kammermusik

und las Szenen aus Dramen. Champagner wurde gereicht.

Keine Minute wunderte er sich über die Kulisse und die Manieren. Erst als es in dem hohen Zimmer wärmer wurde, funkelnder, rührseliger, die Blicke und Gesten langsamer, entsann er sich verschwommen der Gegenwart und sagte: »Ich denke nachts an euch und schlafe schlecht, o Zeiten, o Sitten!« Da wurde ihm Applaus zuteil. Ein Knabe klopfte ihm auf die Schulter, ein Mädchen sprach leise seinen Namen aus.

Erwachsen wurden die Kinder spätestens, wenn sie sich erhoben und zur Nüchternheit überredeten. Über den Ernst der Gespräche auf dem Heimweg erschrak Dominik.

Das letzte Stück ging er allein den Fluß entlang. Ihm war, als hätte er in der Kindheit noch etwas anderes gelernt außer Gefühl und Strenge.

Bald darauf war Gustavs Jahrestag. Sie trafen sich vor einer Klosteranlage. Dominik hatte ihm in der Bibliothek einen Brief geschrieben. Veronika stand in einer kleinen Allee. Als er auf sie zugerannt kam, ließ sie den Blumenstrauß fallen, und er fächerte sich zu ihren Füßen auf.

Sie gingen an den Gräbern vorbei, wo Komponisten, Helden und Dichter ruhten. An einem schmalen Stein aus grün gewordenem Kupfer hielten sie inne. Ein Engel wachte darauf, vornübergebeugt, blickend auf Rosen, Steinchen und Kerzen. Hier las er den Brief vor. Sie stand abgewendet und hörte ihn sagen »Mama und ich«.

Ein Wind strich durch das Blattwerk. An einem anderen, moosüberwachsenen Grab legte sie den Strauß nieder und sagte: »Wir merken, wie schwach wir sind, wenn wir an dich denken.«

Hinter der Kirchentür bauschte sich der Vorhang. Drinnen verloren sie sich aus den Augen. Sie gingen die Kapellen entlang. Beim Ausgang fanden sie sich wieder. Noch einmal drehten sie sich nach dem hohen Raum um, der erfüllt war von Gesang und Dämmerung.

Auf den Plätzen der Innenstadt senkte sich die Nacht auf sie herab. Die gemeinsame Trauer war aufgebraucht. Sie gingen zwar noch eingehängt und dachten an Gustav, aber sie wußten nicht, was sie aufrechterhielt.

Bis zur Prüfung im Frühsommer wohnte Dominik fast in der Schule, und Veronika bat sich aus, so viel wie möglich zu arbeiten. Begegneten sie sich, waren sie Zimmernachbarn.

Der Salon am Stadtrand verlor an Weltgewandtheit. Einmal begab sich die Gesellschaft, statt zu diskutieren, in den Wald. Auf dem Rückweg waren sie nicht zu unterscheiden von Pfadfindern. Sie sprachen über die Statik der Brücken und Kuppeln, über die Entfernung der Sterne. Sie datierten die Sphinxen und Obelisken und zweifelten an der Echtheit von Inschriften. Sie unterschieden Urbilder von Abbildern. Sie wurden zu Feldforschern; einer hob einen Splitter, einen Käfer auf, der andere fand den Bezug zur Erdgeschichte.

Zum Zeitpunkt der Examen hatten sie die Wirklichkeit so weit durchdrungen, daß sie mit geschlossenen Augen hätten antreten können. Die Lehrer blinzelten vor Sehnsucht nach Jugend. Wer von ihnen hätte in diesen Tagen nicht gern zum ersten Male die Philosophen verstanden! Wer hätte nicht gern Gewohnheiten entdeckt, statt an ihnen zu ermüden! Wer hätte nicht gerne die ersten Früchte des Humanismus geerntet statt die letzten!

Bei der Abschlußfeier wußte Veronika nicht, wohin mit ihrem Stolz, so unpassend fühlte sie sich. Waren Schüler und Lehrer am Ende Freunde?

Noch wochenlang hielt die Stimmung in der Klasse an. Der harte Kern ging ausreiten und saß bei Gewitter in guten Stuben und trank schwere

Rotweine. Im Umland besichtigten sie mit zum Dach geformter Hand vor der Stirn die Landschaft. »Wir pflücken die Tage«, sagten sie betulich. Dominik beteiligte sich daran.

Die Stadt war staubig. Die ersten verreisten, allein oder mit den Eltern, auf Inseln. Einige sprachen davon, »in welchen Instituten, unter welchen Professoren« sie sich wiedersehen würden. Dominik wurde auf verschiedene Reisen eingeladen. Man hatte von seiner Fremdheit noch nicht genug.

Da war er bereits einer, der ziellos durch die gleißende Stadt zieht und für Ausschmückung keine Augen mehr hat. Als die Mutter ihn an sich drückte, sagte er, er brauche nichts. Sie begleitete ihn. Ecken, Tore, Treppen, Statuen, Mauern, Türme hinter sich zu lassen schien der Sinn seiner Gänge zu sein.

»Warum bist du nach all diesen Kilometern überhaupt noch hier?« Sie warf ihren Roman in eine Ecke und folgte ihm. Er schüttelte den Kopf, sie hielt Schritt. Da fragte er: »Warum verstehst du immer alles, Mama?«

Von diesem Tag an warf sie Dinge weg. Einige verpackte sie. Sie hängte Bilder ab. Während sie schlief, steckte er die noch ausgebreiteten Schulunterlagen in seine Tasche.

Sie machten keine Handgriffe mehr. Sie harrten auch keiner Entscheidung. Sie wuschen sich. Sie frühstückten sogar. Ging sie dann zur Arbeit oder erledigte sie etwas? Zürnte er jemandem oder hielt er hier bloß Stellung?

An einem Abend trafen sie an der Stadtgrenze aufeinander, und doch ging jeder auf seinem Pfad zurück, fast überrascht, schon wieder an Bauten vorbeizukommen. Das Zimmer lag in seinem metallenen Schatten.

Das nächste Mal begegneten sie sich jenseits der Stadt an einem kleinen See. Die Mittagssonne glänzte darauf. Sie winkte ihm, wie eine alte Freundin. Sie räumten die letzten unbenötigten Dinge aus ihren Taschen. Ein Wind ging, Kleidungsstücke flatterten. Die Wasseroberfläche kräuselte sich. Dominiks Haare verwehten, und Veronika strich sie ihm aus der Stirn.

Am Weg lagen Siedlungen und Fabriken. Er wurde von der Autobahn gekreuzt. Dürre Nadelwälder standen zwischen Straßen und Überbauungen.

Die Nacht verbrachten sie in einer Unterkunft für Arbeiter. Veronika sah vom Fenster aus einem Vogelschwarm nach.

»Es wird zum tausendsten Mal Herbst«, rief

sie aus, als sie sich dem ersten Städtchen näherten. Wie kam sie darauf, zwischen all den Flächen ohne Jahreszeit?

Dominik ging ihr voraus. Er hörte ihre Stimme: »Ich entledige mich allen Ballastes.« Er sah, wie sie ihre Tasche in den Graben warf.

Er bückte sich nach ihr und hängte sie sich um. Veronika konnte er nicht zurückhalten. Mit offenem Haar schritt sie voraus und erklärte, sie habe von Sentimentalitäten Abschied genommen. Ob das nicht ein Grund zur Freude sei?

Die Sonne glitzerte durch die Bewölkung. Der Weg in den Ort führte über eine Holzbrücke. Helle Steine lagen im Flußbett. Reben zierten die Fassaden. Eine Kathedrale überragte die erhöht gelegene Altstadt.

Veronika wartete im Schatten einer langen Treppe. Sie hielt sich an einem Pfeiler fest und bog sich zurück wie eine Tänzerin. Als er vor ihr stand, gereizt unter der Last des Gepäcks, und zum Weitergehen mahnte, winkte sie ab und setzte sich hin. Er fragte sie, was es hier zu verweilen gebe. Da sagte sie: »Ich steige diese Treppe hoch mit der Leichtigkeit eines Schmetterlings.«

Ihre Gestalt zeichnete sich vor dem Himmel ab. Dominik ließ die Taschen fallen. Er rannte ihr im

Glockenläuten nach. Er sah Familien einen Platz überqueren. Er lief um Arkaden herum, die den Platz einfaßten, blickte in Hauseingänge, ging um die Kirche. Drinnen suchte er, während die Orgel spielte, die Bankreihen ab.

Eine Schenke, ein Kaffeehaus durchforstete er und begann, im Städtchen aufzufallen. Von einem Aussichtspunkt aus rief er den Namen seiner Mutter über die Ebene. Er spähte durch die Furchen des Rebbergs und rüttelte an Sträuchern.

Dann erst zog er in Betracht, daß sie einem höheren Ratschluß folgend verschwand. »Wir wurden einander weggenommen«, dachte er unter der Mauer.

Wie Schuppen fiel es ihm von den Augen. Er trug es mit Fassung. Hineinschicken wollte er sich und dem Schicksal ein Diener sein.

Er dachte so viel wie seit Jahren nicht. Wie gerne hätte er sich an einer Quelle am Wegesrand gelabt. Wie dankbar wäre er nur schon für einen Zitronenschnitz gewesen. Wie beneidete er den Hasen um das Fell und die Flinkheit.

Als es Nacht geworden war, öffnete er die Taschen. Da bemerkte er Veronikas Abwesenheit. Eingewickelt in Tücher und Kleidungsstücke, legte er sich auf den Waldboden.

Vor Tagesanbruch wanderte er weiter. Es roch nach Moos. In seinem Rücken stieg die Sonne auf, er aber ging unter tiefhängenden Wolken. Sie brachten keine Kälte, keine Wassermengen und keine Düsternis. Nur unbeweglich waren sie. Er ließ sich von ihrem beharrenden Grau umschließen.

Er nahm ein kleines, gerahmtes Bild der Eltern im Garten hervor. Obwohl ihre Gesichter angespannt waren, vergaß er die schweren Worte, die sich in ihm ansammelten. Er machte tiefe Atemzüge, er hörte die Bäume rauschen. Jetzt weinte er, und das Bild der Eltern wurde hell und klar.

Auf dem weiteren Weg kam ihm Kathrin in den Sinn, die mit ihr geteilte Ereignislosigkeit, und wie sie versäumt hatten, sich zusammenzutun. Über einen ganzen Hügel blieb sie seine Gefährtin. Als die große Schwester? Als Liebende?

Sie verblaßte zusammen mit dem Tag. Dominik blieb nicht zuversichtlich, nicht mutlos in der Landschaft zurück. Steif wogten die Ähren, die Wolken zogen ab in der frostigen Luft. Die Sterne gingen auf. Sie wurden gelb, silbern, und funkelten, als wollte ein jeder der hellste sein.

In der Ebene befand sich, den Feldern sehr ähnlich, ein Fluß. Er bemerkte ihn erst, als Blättchen auf seinen Kopf fielen. Der Fluß war von Birken gesäumt. Dominik war frei von Gefühlen und voll von müder Betrachtung.

Wenige Schritte vom Ufer weg sah er ein Licht brennen. Die Umrisse eines Hauses zeichneten sich ab. Er trat durch einen Zaun, Steine knirschten unter seinen Füßen. Er berührte die Mauer, er klingelte, obwohl er nicht glaubte, es sei jemand hier. Im selben Moment sank er vor dem Eingang auf die Stufen.

Die Tür öffnete sich einen Spaltbreit. Eine junge Frau spähte hinaus. Als sie ihn entdeckte, stieß sie einen hohen Laut aus. Wer er sei? flüsterte sie mit schneidender Deutlichkeit, und Dominik, bei halbem Bewußtsein, antwortete, er habe sich verloren und friere. Was er hier tue? – Nichts, ob es in ihrem Haus kein Bett gebe? »Kaum«, sagte sie. »Ich werde niemanden belästigen«, sagte er, griff nach seinen Taschen und stellte fest, daß sie nicht da waren. Er klammerte sich an den Zaun: »Stört es jemanden, wenn ich hier erfriere?« Dann geschah, was ihn rettete: Er glaubte, die Frau lachen zu hören. Er erkannte ihr Gesicht nicht und auch nicht ihre Gestalt; er roch nichts. Aber er lauschte ihrer Stimme. Sie streckte ihm die Hand entgegen und führte ihn zurück zum Haus, ohne ihn zu berühren.

Sie öffnete ihm ein Zimmer. Sie nahm Wäsche aus einem Schrank und gab sie ihm. Sie brachte ihm Wolldecken. Im Glanz des Sternenhimmels schimmerten ihre Wangen. Er hüllte sich ein, und ihre Stimme verklang in den Gängen.

Vom Nachmittagslicht wurde er geweckt. Die Landschaft trug ihr letztes grünes Kleid. Er traute sich nicht, das Fenster zu öffnen, so sehr schien alles auf Vermeidung von Geräusch und Bewegung angelegt. Der Fluß, als wollte er seine Strömung verbergen, war durchsichtig.

In einer buttergelb glänzenden Küche fand Dominik die Gastgeberin. Sie saß am Fenster, nach draußen gewandt. Ihr Haar hatte im Gegenlicht einen goldenen Schein. »Ich habe im Wald Taschen gesehen.« Sie drehte sich um. Ihre Augen waren von einem Blau, das er vergessen hatte. Dreimal strich sie sich die Fransen aus der Stirn. Ihre Züge bildeten ein Ensemble von Mißtrauen. Sie trug eine Jacke, die einem Pagen hätte gehören können.

»Vater hat dich nicht bemerkt. Bevor er zurückkommt, mußt du weg sein.« – »Ich werde hier liegen bleiben, wenn ich nicht etwas esse.« Sie musterte ihn. Ob das die Bitte um ein Stück Brot war?

Er nahm ihren Tee. Und als sie ihm einen Topf Haferbrei hinstellte, einen Krug Milch, Brot mit

Butter und Konfitüre, Äpfel und Nüsse, sagte sie, sie hätte nicht erwartet, eines Tages die Gelegenheit zu bekommen, so gnädig zu sein.

Später gab er ihr, enttäuscht von der Sattheit, die Hand und verließ das Haus. Er wollte seine Lage überdenken, das Gepäck holen und sich aufmachen. Blätter trieben auf dem Fluß. Im Wald sah er, wie sie brauner wurden und der Himmel darüber bewegt.

Er fand die Taschen und zog seine Stadtkleidung an. Am Ufer wusch er sich, spazierte am Waldrand und war trocken, bevor der Regen einsetzte. Mit einer Blume näherte er sich dem Haus.

Sie ging im Garten umher und betrachtete die Spiegelungen in den Fenstern. Als er zum wiederholten Male klingelte, entstand im Haus ein Summen, das bis in den Garten drang, und sie begab sich an den Rosenbeeten vorbei zur Tür. Sie trug einen feinen Mantel, die Haare hatte sie zusammengebunden. Am Fuß der Treppe fiel ihr ein Tropfen aufs Gesicht. Plötzlich war sie ein Mädchen, eine Vertraute der Dämmerung.

Dominik, die Blume hinter dem Rücken, sagte: »Es ist unmöglich zu verschwinden.«

So sehr waren sie übereinander empört, daß sie von der schmalen Treppe sprangen, und am Fluß schüttelten sie die Köpfe. Sie sagte: »Wer sich verwandelt, ist ein Schauspieler«. – »Wer so unbetroffen ist, muß böse sein«, sagte er.

Sie standen sich unter den Birken gegenüber, dann mehr als einen Ballwurf auseinander im Gras.

Mit verschränkten Armen und Schulterzucken gelangten sie beim Haus an. »Wenigstens einen Tag«, meinte er, »laß vergehen.«

Vor der Tür wartete ihr Vater. Sie nahm einen sanften Ton an, als sie ihm zu erklären versuchte, wer der Fremde sei: ein Landschaftsmaler. »Was gibt es hier zu malen?« fragte der Vater überdrüssig und fuhr zur Tochter gewandt fort: »Sei mild mit ihm, wie es einem züchtigen Mädchen geziemt.« Er verschwand im Flur, und sie folgte ihm.

Dominik sah lange den Regentropfen auf dem Fluß zu. Er hätte gerne gewußt, wie einem Menschen das Herz so schwer sein könne. Er nahm das Bild der Eltern hervor und merkte, wie lieb es ihm war und wie wenig es log.

Als am Morgen die Tochter ins Zimmer trat, um ihn wegzuschicken, hing das Bild über dem Bett. Dominik richtete sich auf und nahm seine Sachen – sie merkte, daß es gegen ihn keinen Plan gab.

Draußen setzte sie sich aufs Rad und fuhr los,

denn sie fürchtete, ihn kennenzulernen. Hatten sie und ihr Vater sich nicht geschworen, es gäbe keine Veränderungen mehr?

Die Ebene rauschte im gleichmäßigen Regenfall. Da kam die Einsamkeit ihres Gastes über sie.

Später fand sie ihn hingekauert am Wasser. Mit einer Hand fing er Zweige auf. Sie klingelte, sie streifte sein Knie.

Nebelschleier stiegen auf vor ihnen. Das Fahrrad sank ins Gras. »Du tust, als wolltest du gar nicht fort«, sagte sie in gelber Pelerine. Er wollte ihrer Schönheit einen Dienst tun. Sie merkte es und trat zurück.

Auf dem Feldweg dann dachten beide an die Abgeschiedenheit des anderen und schüttelten noch einmal übereinander den Kopf. Auf einem Hügel über einer der Städte verriet sie ihren Namen, Juliane. Das nahm ihn nicht aus der Träumerei von den Pfaden, auf denen er seine Mutter wiederfinden würde, in einer Landschaft aus Schnee.

Über ihnen bildeten Kastanienbäume eine Art von verfallenem Saal.

Julianes Regenmantel hob sich in einem Luftstoß. »Hörst du zu?« fragte sie, »ich möchte dir etwas erzählen.« Er antwortete: »Mir scheint, Geheimnisse sind wertvoller als Berichte.« Ihre Geräusche waren denen von Ballkleidern ähnlich. Sie gingen schleppend unter den Baumreihen dahin.

Vor einem Jahr, begann Juliane, war sie mit ihren Eltern ans Meer gefahren, wie jeden Herbst. Sie wohnten in einem Kurhotel an einer Küste weit nördlich. Zur Stunde der Mittagsruhe fuhren sie in dem Ort ein, und der Direktor widmete ihnen seine ganze Zuvorkommenheit. Halb nahm der Vater diese an. Es gab Jahre, da hatte er ausschließlich für das weibliche Personal einen Gruß übrig gehabt.

Julianes Mutter war der zierlichste Mensch auf Erden. Sie war mondän, wenn ihren Mann nach großer Welt dürstete, schlicht, wenn er gereizt war. Verstummte er, brachte sie ein Wort aus ihm heraus. Sie sagte Juliane, welcher Blick not tat, um ihn zu besänftigen. Oder sie warnte: »Du bist zu sinnlich.«

Der Ort lag in leuchtendem Dunst. In der Hotelhalle kniffen sie die Augen zu. Juliane streifte um die Säulen, die Mutter ging zur Rezeption, und der Vater begab sich auf die Terrasse.

Unten zog sich ein Strand von dunklem Sand hin. Strandkörbe waren darauf verteilt. Der Vater nahm ein Buch hervor und ließ sich ein Getränk bringen. In der Nähe flatterte die Flagge des Hauses. Als Frau und Tochter zu ihm kamen, empfahl er ihnen, sich zu vergnügen.

Bisher hatte Juliane immer einer Gruppe von Kindern oder Heranwachsenden angehört und war den älteren Menschen nicht aufgefallen. Nun, da sie sich ihrer Gestalt bewußt wurde und in ihrem Gang so viel Einsames lag, unterbrach man wegen ihr, der jungen Frau im Bikini, Lektüre und Konversation. Schnell zog sie Hemd und Hose wieder an; in Gedanken an den Vater war Scham über sie gekommen. Hilflos band sie sich einen Schal um, setzte sich eine Mütze auf und ging vorüber.

Sie würde nicht mehr Töchterchen sein. Zurück im Zimmer, öffnete sie die Balkontür, legte sich aufs Bett, in den salzigen Abendwind. Sie sah die frühen Jahre, als sie in einem weißen Kleid und einem Hut Spazierfahrten in der Gegend machten. Träumte ihr bloß, daß die Mutter einen Sonnenschirm mit sich getragen hatte? Daß der Vater mit einem Stock vorausgeschritten war?

Auf den Klippen, die vom Strand auf einem schmalen Weg zu erreichen waren, hatte sie gefragt: »Was tun wir hier, Papa?« Als wäre es die Antwort, kehrten sie in den folgenden Jahren jeden Herbst an diesen Ort zurück. Es war mehr als Gewohnheit.

Hier hatten die Befehle des Vaters Würde. Hier klangen sie wie Einladungen. Nach stundenlanger Ruhe im Strandkorb konnte er zur Mutter aufschauen, der Tochter durch die Haare fahren und sagen: »Was wäre ich ohne euch!«

Juliane brach noch vor dem Abendessen zu den Klippen auf. Die Sonne war untergegangen, das Wasser erschien in gleichmäßig mattem Blau. Fischerboote fuhren in den Hafen. Am Weg wuchsen Heidebüschel in alle Richtungen. Der Dunst verzog sich.

Oben angelangt, erblickte Juliane einige Schritte hinter der Felskante die Mutter. Sie lächelten, sie spürten einen Stich im Herzen. Nie hatten sie so untrüglich gesehen, wie flüchtig sie einander kannten.

»Meine stolze Tochter«, sagte die Mutter. Juliane drehte sich weg, gegen das Landesinnere, und sagte: »Ist hier nicht alles wie vor hundert Jahren?«

Ihnen war kalt. Arm in Arm und besorgt um ihre Kleider, stiegen sie hinab. Erwartungsvoll hörten sie unten dem Meer zu. Als sie aufschauten, stand der Vater neben ihnen, und sie wußten, daß es nichts Größeres gab als Einverständnis.

Gemessen daran, genoß und schäkerte er viel. Die Mutter entdeckte schwere Gedanken bei sich und wurde einzelgängerisch. Juliane machte schönere Augen, als sie wollte, und legte sich unzufriedener schlafen, als sie es gewohnt war. Nur bei den Mahlzeiten, im Klingeln von Silber und Kristall, begleitet von Kammermusik, waren sie erfüllt von alter Sammlung.

An einem der Tage verzog sich am Himmel jede Trübung. Das Meer glitzerte, so weit es reichte, der Strand leuchtete safranfarben. Sie gingen durch einen Nadelwald zu den Klippen hoch. Oben wehte ihnen ein Wind ins Gesicht. Aus dem Summen wurde Flirren. Der Strand, die Terrasse, die Balkone hinter ihnen blieben leer.

Das Blau im Himmel wurde tiefer und tiefer. Die See wurde bewegter, sie funkelte in allen Abstufungen. Die drei suchten nach Worten.

Dann erblickten Juliane und der Vater emporgehoben über den Abgrund die Mutter. Ihre Augen waren geschlossen, als schliefe sie. Ihr Gesicht schien so ruhig wie wenig später das Meer.

Der Vater streckte die Hände aus. Sie schien zu schweben. Juliane sank zu Boden und erwachte erst im Hotel.

Das unversehrte Gesicht der Mutter sah sie in Seide gelegt hinter Glas.

Als sie zu Hause ankamen, trugen sie ihr Bild aus der Luft in sich und weiter nichts.

Sie wurden chauffiert. Bekannte der Familie umsorgten sie. Die Blumen wurden fleißiger gegossen als zuvor. Vater und Tochter aber gingen durch die Stadt und hörten den Meereswind. Solange dieser Zustand anhielt, ahnten sie nicht, wie kunstvoll sie trauerten. Wie anwesend die Mutter war, wohin sie kamen.

Dies nahm ein Ende mit dem Umzug in das Haus über der Stadt. Während Möbel ausgeladen wurden, standen sie am Fluß, und der Vater sagte: »Sieh, die Zeit!« Es waren die letzten Worte des Vaters, die Juliane verstand. Sie umschlang ihn.

Am Abend beim Gang durch die Räume wurde aus der Liebe eine Abmachung. Er erteilte keinen Befehl. Und doch wußte sie, wie wenig Freiheit ihr blieb. Sie müßte die Seele des Hauses werden.

Er fuhr täglich zur Arbeit. Juliane hatte nichts zu schrubben. Sie konnte über die Felder schweifen und am Ufer sitzen, soviel sie mochte. Die Abmachung bestand darin: Was sie tat, tat sie nicht für sich. Genoß sie die frische Luft, genoß sie sie »zum Guten des Haussegens«. Versank sie in Zweifel, so, um am Abend davon zu erzählen. Probierte sie vor Alleinsein Kleider an, so nur für die Spiegel.

Als Dominik im Sandsteinhaus die Augen öffnete, stand sie in einem grünen Kleid vor ihm.

In seinen triefenden Sachen dachte er an die Nacht beim Vater auf dem Feld. Im Halbdunkel sah er den Familienkreis vor sich, und einige Male wiederholte er im stillen, alles habe seinen unverrückbaren Platz. Und an Juliane gewandt, sagte er: »Die Meinung, deine Mutter sei ins Meer gestürzt, ist Unfug!«

Während er das Haus abschritt, merkte Juliane, daß sie von ihrer Mutter keine Vorstellung mehr hatte.

Eifer sei verschwendete Aufmerksamkeit, bemerkte der Vater nächtlich. »Mein Herr«, wehrte sich Dominik aufgebracht. »Wir werden dir eine gründliche Unterweisung in der Wahrheit nicht verweigern«, schloß der Vater und empfahl sich.

Von da an wartete Dominik. Julianes Vater nickte ihm frühmorgens zu: »Du mußt dich nicht bemühen, einen guten Eindruck zu machen.« Manchmal folgte Dominik ihm nach zum Auto, in dem er wegfuhr.

Bald fehlte Juliane jeder Begriff dafür, was er hier tat. Er wurde ihr zum dahergelaufenen Kerl. Die Rolle der Hausherrin legte sie ab. Öfter ging sie im Nachthemd über den Flur und sagte empört: »Alles ist zugeschneit! Wo ist die Sonne?« Sofort war er zur Stelle, mit einer erfundenen Antwort.

Wie gerne wäre er auf Julianes Spuren gewandelt! Hätte er sich bloß nicht so bodenständig gefühlt.

In den letzten Wochen des Jahres erzählte Juliane, als sie sich in einer Türe streiften, sie träume Nacht für Nacht von der Mutter.

Damals wurde Dominik für einige Tage ein zerstreuter Mensch. Begegnete er Juliane, fuhr er sich durch die Haare; ein Gedanke entfiel ihm. Als er beim Frühstück eine Tasse zerbrach, klapperte es, statt zu klirren, und er sammelte die Scherben zusammen wie Murmeln.

Als er sich auf einem Spaziergang vornahm, die Wipfel von Schnee zu befreien, ging sie seelenruhig übers Feld zurück nach Hause. Er packte sie an der Schulter und schüttelte den Kopf. Seine Brust füllte sich mit Wut auf Veränderungen. Juliane löste sich aus der Berührung.

Am nächsten Tag richtete er sich in einem Schaukelstuhl ein und verharrte. Er gestattete sich nicht zu essen. Die eingeschneite Landschaft war eine leere Fläche. Tiere dachte er sich weg. Die Laute wurden ein gleichmäßiges Rauschen.

Diese Betrachtung dauerte eine Woche. Es gelang ihm, Andenken und Hoffnung auf ein Flämmchen herabzustufen, die Gegenwart auf Ein- und Ausatmen.

Juliane entwendete das Bild seiner Eltern und hängte es unter dem Dach neben das ihrer Mutter. Fast fragte sie sich, ob Verluste am Ende ein Gewinn wären.

Im Garten ging Dominik hin und her. Sie hörte, wie die Schritte zu knistern aufhörten und flockig wurden. Sie blinzelte, zog den Kopf zurück und stand hell beleuchtet unter der Dachschräge, während Dominik sich zum Fluß begab.

Er hob, statt nachzudenken, ein Steinchen auf und betrachtete ein Zweiglein. Und tatsächlich, er fühlte sich von jeder Schwere frei! Ein Blick wog stundenlanges Grübeln auf, ein Gang ums Haus Gedankenketten. So erging er sich unter den Birken. Einer strich er über die Rinde, ihre Kühle strömte in ihn, und er sah, daß noch immer das Warten bleiben werde. Er wollte zum nächsten Baum, da kam eine Hitze über ihn. Er versuchte, sich zu bücken und den Schnee zu berühren. Mehr, als den Stamm loszulassen, vermochte er nicht. Denn er war durchdrungen von Liebe, so, daß er seine Glieder nicht mehr spürte.

Aus dem Garten erklang Julianes Stimme: »Was du sagtest, ist die lautere Wahrheit.« Sie trat hinter Sträuchern hervor und erklärte, sie sei glücklich. Er erwiderte nichts. Sie kam näher, und ihr Haar wellte sich.

Durchs Eis schimmerte Waldboden. Aus dem Kamin stieg Rauch auf. Hinter ihr zog sich der Schnee in die Weite. Darüber goß die Sonne von fern ihr Licht aus. Juliane fragte: »Bist du anwesend?« Er antwortete: »Ich sehe dich, als brauchte es dazu keine Augen.«

Es folgte eine Zeit, in der Dominik durch eine verklärte Landschaft ging, während Julianes Gedanken ausschließlich den Himmel betrafen.

Sie liefen aneinander vorbei, wie sie es am ersten Tag nicht getan hätten. Der eine führte eine Handlung aus, dem anderen fielen die Augen zu.

Sie wandten sich an den Vater, um sich unverständliche Neuigkeiten erzählen zu lassen. Der fing an, freundschaftlich zu werden, mit dem Ergebnis, daß er sie »Kinder« nannte. Als der Frühling kam, war er ihr Koch und das Gewissen des Hauses.

Einmal begegneten sich Dominik und Juliane auf den Stufen vor der Tür. Sie beugte sich vor, um in die Stiefel zu schlüpfen. Ihre Hand berührte die seine. Er ließ seinen Schuh ungebunden und fuhr ihr über die Stirn. Ihm war, als wiche das blendende Licht des Winters, als wehe der erste Wind, als raschelten erstmals die Bäume.

Den Frühling gab es nur, wo sie war. Dominik spazierte um sie. Irgendwann nahm er eine Strähne von ihrem Haar und ließ sie durch seine Hand gleiten. Sie wiegte den Kopf. Keinmal gelang ihr eine Koketterie. Je schamhafter sie sich ihm entzog, je sanfter nachts ihre Verbote, desto unüberschaubarer wurde seine Liebe. »Verirre dich nicht!« bat sie ihn, als sie beide nicht schliefen. In einem seidenen Gewand trat sie über die Schwelle. Er fragte, was ihn retten würde, wenn nicht die Schönheit. Juliane kam mit unhörbaren Schritten zu ihm, um ihm den ersten Kuß zu geben.

Am nächsten Tag entbrannte er vor ihr in Schüchternheit. In der Allee, in der sie sich vor Wochen hätten trennen sollen, streiften sie sich mit den Schultern. Er sah ihr Ohr vor sich und erstarrte; er dachte an Gustav, der zu Veronika flüstert.

Es hatte eine Zeit gegeben, da diese Epoche nicht vergangen war, dachte Dominik, Blütenduft in der Nase.

Sie waren zwischen Stadttoren umhergezogen, in der Sicherheit, am Abend beisammen zu sein.

Jeder hatte seine wenigen Dinge gehabt, bei denen er Zuflucht suchte, für einen Augenblick, um danach wohlig und furchtsam in der Mitte der Seinen zu weilen.

Oder lag von Anfang an jede Ambition auf Dauer fern? Die Jahre mit dem Kind, waren sie aus einem Traum? Kommen und Gehen bloß beispielhaft? Ihre innigsten Worte nur Ahnungen? War die Nähe zum Schönen, die er in sich glaubte, eine Handbewegung auf einem herbstlichen Spaziergang gewesen?

»Wenn ich dich nicht berühre, weiß ich nicht, wo ich bin«, sagte Dominik und fuhr Julianes Arme und Schultern, ihre Taille, ihre Hüften und Beine entlang, als wären es Umrisse einer Statue.

Als sie durch die Hüllen hindurch Wärme bemerkten, ließen sie behutsam voneinander ab, ohne Vertrauen in die Umgebung. Und doch liefen sie los unter den kaum verschleierten Himmel, und Juliane rief aus: »Wir werden deine Mutter suchen.«

Einmal noch irrte er durch die Gänge. Einmal noch traf er auf den Hausherrn und hätte ihm gern gefallen.

Sie weckte ihn mitten in der Nacht. Im Halbschlaf griff er nach seinen Taschen, der Geruch der Mutter und von Tannennadeln hing darin. Er träumte stehend von Gustav im Garten und von Veronika, der neugierigen Botin zwischen den Farnen.

III

In den Dörfern wurden Herden aus Höfen getrieben, die noch im Dunkeln lagen. Später waren aus den Autofenstern Verkaufshallen zu sehen. Treppenartige Brücken verbanden die Straßenseiten. Menschen überquerten sie in Eile, sie warfen Blicke zum Horizont; die Sonne ging auf.

Kurz darauf befanden sich Dominik, Juliane und ihr Vater in einer Tiefgarage. Klaviermusik versiegte in der heißen Luft. Pfeiler wiederholten sich, der Boden glänzte wie lackiert.

Oben, im Krankenhaus, zog der Vater einen weißen Kittel an und nickte Schwestern und Putzfrauen zu. Juliane und Dominik folgten ihm durch mehrere Gänge. Er verabschiedete sich vor einer metallenen Tür.

Sie verließen das Gebäude durch eine Glasfront einer Fontäne entgegen, deren Regen unter der Morgensonne in ein weites, seichtes Bassin zurückfiel.

In welcher Richtung sollten sie losziehen? »Hier auf dem Mäuerchen warteten wir früher auf Vater.«

Juliane maß mit großen Schritten den Platz ab. Sperlinge flogen herbei, und sie rief Dominik zu, sie wolle sie füttern. Während sie dann ohne Brot dastanden und mit den Vögeln zu sprechen versuchten, merkten sie, daß sie nicht mehr Kinder waren.

Auf dem Weg in die Innenstadt hielten sie bei einem Café. Er sagte: »O je, der Müßiggang. Die weichen Sessel. Die leise rauschende Straßenflucht.« Sie schüttelte den Kopf und lachte, ihr Blick hätte nicht verständiger sein können.

Draußen in der dröhnenden Mittagsstunde nahm sie seine Hand und küßte sie. Sogleich waren zwischen ihnen wieder mehrere Schritte. Wäre es Überschwang gewesen, sie zu umarmen und ihr ein Wort ins Ohr zu flüstern?

Auf dem Hauptplatz, wo Feuer gespien wurde und Trompetenspiel erklang, war ihnen, als begänne eine Reise. Sie gingen im Kreis und sahen, wie die Artisten Meter für Meter auf dem Platz weiterrückten und immer wieder von vorn anfingen.

Am Abend kehrten sie zurück zum Krankenhaus. In einem kleinen Zimmer, das vollgestellt war mit Pflanzen, fanden sie Julianes Vater. Sie fragte, ob sie über Nacht in der Wohnung bleiben könnten. »Ich bringe euch, wohin ihr wollt, es bereitet mir Freude«, sagte der Vater in tiefer Erschöpfung. Schwestern traten ein mit Thermosflaschen und Kuchen.

Als er unterwegs war ins Umland und sie in der eingefrorenen Wohnung über der Altstadt standen, traten Dominik Tränen in die Augen. »Die Welt ist ein großes Geheimnis!« sprach er in die wächserne Luft, »wehe, wir decken es auf!«

Sie gingen im Wohnzimmer umher, als wäre es ein Saal, in dem es Verstecke gab. In dem Zimmer, das ihres sein mußte, rief Juliane ihm zu, sie hätte eine Idee. Er sah, wie sie sich zu entkleiden begann. Sie machte eine langsame Drehung. Als ihre Beine, der Bauch und die Arme frei waren, hielt sie inne. Sie legte sich aufs Leintuch, Dominik setzte sich auf die Kante, mit durchgestrecktem Rücken. Sie nahm seine Hand und schmiegte sie an ihren Hals, er fuhr die geschwungene Linie ihrer Seite herab bis an die Hüfte und fragte, ob er neben ihr einschlafen dürfe.

Am Morgen brachen sie nirgendwohin auf. Sie begann in der Küche auf ihre Zeitung und ihren Orangensaft zu warten, er besichtigte im Wohnzimmer Gemälde.

Weder konnte er mit ihrem Ernst noch sie mit seiner Unruhe etwas anfangen. Mehrere Tage lebten sie zusammen wie Wohnungsgenossen. Sie zeigte ihm die Stadt, soweit sie sie kannte, und sie spazierten durch Parks, solange ihnen nicht die Geduld verging.

In Cafés starrten sie vor sich hin, bis Juliane ihm nüchtern eine alte Freundin vorstellte. Dominik beobachtete Menschen in der Fußgängerzone und in Warenhäusern. Die Ermüdung entbehrte nicht der Süße: Sie bereiteten sich Mahlzeiten nach Rezepten und genossen die Befolgung der Vorgaben.

Auf einmal hatten sie einen Alltag. Sie kommentierte sein Blinzeln. Er wußte, wie viele Haare sie in der Stirn und wie viele hinter den Ohren trug.

Es verließ sie nicht das Gefühl einer notwendigen Erledigung. Wäre die einmal gemacht, würden beide ihres Weges gehen.

Dominik fand Juliane schlafend, durchs offene Fenster schien der Mond auf sie. Sie war schön wie am ersten Tag. Er berührte ihre Schläfen, Wangen und Lippen, die trocken waren wie die Luft. Dann streichelte er sie am Bauch und drückte ihm einen lautlosen Kuß auf. Erwachend summte sie. Er flüsterte: »Es tut mir leid, ich liebe das Leben.« Sie richtete sich auf und empörte sich: »Als hättest du es an einer Straßenecke aufgehoben wie einen Fundgegenstand!«

Er hob zu einer Erklärung an. Sie unterbrach ihn mit einem steifen Lächeln. Denn sie dachte an die Monate mit dem Vater auf dem Land, an die wenigen Handlungen mit der Klarheit von gefaltetem Papier. Wie hatte sie sich so bald verflüchtigen können?

»Ich habe meinem Vater übel mitgespielt und unserem Gut den Rücken gekehrt!« – »Juliane, du sprichst im Traum«, flüsterte Dominik, aber sie stürzte sich bereits in Kleider und verließ die Wohnung.

Eine Weile schien ihm, es sei die Abreise. Mit einemmal würden sie die Stadt verlassen haben, sie würden Wälder durchqueren, schlafen wo auch immer, Beeren und Pilze essen im Wald. Sommer würde es, ohne daß sie auf ihn Anspruch erhöben. Städte wären in tiefe Vergangenheit geraten.

Im Krankenhaus gingen Lichter an und aus. Mitten auf dem Zebrastreifen blieb Juliane stehen und sagte: »Sollen wir uns noch tausendmal besinnen?«

Er küßte sie wie ein hilfloser Knabe. Ein Auto fuhr im Schrittempo vorbei, mit zwei Rädern auf dem Gehsteig. Sie entwand sich. Sie drohte ihm ein Schauspiel an. Ob das nicht zuletzt am menschlichsten wäre?

»Jüngling, mitnichten beneide ich dich um deine

zerstreute Weltsicht«, begann sie, indem sie in eine Auslage blickte, als befände sich darin eine Landschaft. »Deine Weiblichkeit, meine Tochter«, deklamierte sie vor einem Hochhaus, »muß so rein sein, daß sie sich darbietet wie ein Glashaus.«

Sie sprach mit kaum verstellter Stimme, geradem Rücken und an den Hüften ausgewinkelten Händen.

Dominik ließ sich in der Morgendämmerung vom Theater einnehmen. Er trat auf die Straße und senkte den Kopf: »Ich will nicht Restaurator werden!«

Juliane nickte ungeduldig: »Junger Mann, gestatten Sie, nach dem Grund Ihres Verdrusses zu fragen?« Mit den Schritten eines Ballettänzers ging er zu ihr und machte einen Bückling. Dann setzte er sich auf eine Mauer, den Finger ausgestreckt, als hinge ein Spazierstock daran, und sprach: »Meine liebe Frau und mein einziger Sohn, ich hoffe, ihr gedenket meiner.« – »Was mich betrifft«, setzte sie ein, »so hat meine einzige Tochter mich vergessen und verlustiert sich mit einem Landschaftsmaler, da und dort.«

Der Tag hatte die Farbe des großen Platzes, helles Grau. Rundherum gingen Jalousien hoch, Terrassen wurden hergerichtet, Kellner machten Gänge zwischen Tischen und Stühlen; der Platz war eine Bühne; es fehlte nur noch das Funkeln hellklingender Instrumente im ersten Sonnenstrahl.

Würde nun der Königssohn auftreten, übernächtigt und liebestoll? Die Prinzessin, klug und herzensgut, begäbe sich unerkannt auf den Marktplatz? Oder käme wenigstens ein Bote geritten, Pergament entrollend und berichtend von einem fernen Schauplatz?

Sie drehten Runden und entsetzten sich über die geringe Phantasie der Wirklichkeit. Sie sprachen vorsichtig, bemüht, Worte und Schritte in Übereinstimmung zu bringen. Gelungene Sätze wiederholten sie.

Und dann erblickten sie mitten auf dem Platz einen Mann von fortgeschrittenem Alter mit Hut und einem Umhang zwischen Frack und Wolldecke. Neben ihm stand ein Esel.

Was dieser Auftritt zu bedeuten habe? fragten sie sich. Da wandte sich der Mann, dicht und weiß war sein Bart, an sie: »Teurer Jüngling, engelgleiches Mädchen! Gunstvoll der Tag, der mir so früh Kinder wie Euch zuführt! Sagt mir nun bitte einen Brunnen, an dem sich mein Gefährte wird erquikken können.«

Er spähte über den Rand seines Zwickers, hob den Hut und stellte sich vor als Paul. Juliane war so berückt, daß sie zu antworten vergaß. Aber sie wies den Weg in einen Park, entschlossen, als erwache sie aus einem Traum. Dominik ging hinter ihnen und hatte den Eindruck, sich noch tiefer in Schein zu begeben. Wie war es möglich, daß sie sich bei diesem Herrn einhängte und mit ihm sprach wie mit einem Bekannten?

Er blieb hinter ihnen. Mit zugekniffenen Augen erinnerte er sich an den Gang seines Vaters. Eine leichte Schräglage stellte sich ein, ein Trippeln, ein Schwung mit dem Handgelenk.

Sie gelangten zu einem Brunnen in der Mitte eines statuengesäumten Rundes. Und so sehr Juliane Paul anzog, so sehr versetzte sich Dominik unter den Baumreihen in Gustav. Eine Wolke zog vorbei, sie franste aus, und er verwünschte die Unbeständigkeit.

Dann hörte er Paul sagen: »Das ist ein Steinchen, und das eine Rose, und das eine Frau.« Liebende gingen vorüber und lächelten ihnen versunken zu.

Paul führte sie in die Altstadt. Ein milder Wind ging durch die Straßen, und die wenigen Menschen nickten den dreien mit dem Esel wohlgesonnen zu.

In einer Gasse mit Kaffeehäusern und Antiquariaten blieb Paul stehen. Sie folgten ihm in ein gepflegtes Lokal. Im Hintergrund, unter einem Spiegel, bei Kaffee und Croissant, saß Veronika.

Veronikas Lektüre fiel zu Boden. Dominik spürte Gustav in seinen Gliedern. Er begann sie auszuschütteln. Seine Mutter sagte: »O meine Seele!«

Zum ersten Mal war in ihm unvermischte Ruhe. Mit dieser sah er die Mutter weinen.

Juliane reichte ihr die Hand und sagte: »Wir haben Sie gesucht, und Paul hat uns gefunden.« Veronika schloß die Augen. Paul legte ihr eine Hand auf den Rücken: »Wir zogen aus, um zu schauen, was da komme. So wanderten wir über die Felder des Frühlings, die fahlen.«

In der Gasse sahen die vier sich an. Nach vielem Schweigen sagte Paul: »Wir feiern das Geheimnis der Freude.« Der Esel setzte sich in Bewegung, und sie gingen ihm nach.

Veronika wie Juliane fiel das Haar über die Schultern, braun bei jener, blond bei dieser. Mehr als einmal streiften sie sich, ja, sie stolperten in schamhaftem Übermut übereinander und fielen beinahe hin. Paul schritt voran, im Wunsch, der Stadt von seiner winzigen Karawane zu künden.

Auf dem Hauptplatz, im Licht einer Seelandschaft zur Stunde des Mittags, wischte Juliane Veronika eine Träne ab, und Dominik fragte sich, ob er solchem Glück trauen dürfe.

Sie zogen den ganzen Tag durch die Stadt, ohne daß es sich verringerte. War es jemandem zu schwer, so überließ er es den anderen.

Wie staunte Dominik am Abend über die Klarheit aller Umrisse. Jeder hatte seine eigene Freude, beinahe bis zur Einsamkeit, aus jedem Mund klangen die Worte anders, der Sonnenuntergang glühte hier orangefarben, da, in alten Fenstern, trüb. Dorthin, zum Wasser des Brunnens, gelangte er nicht, denn der hüllte sich in tiefes Grüngrau.

So begannen sie, einander zu beobachten und sich das Ihrige zu denken; Veronika entdeckte in Dominik den Knaben, der in den Sternenhimmel schaut, er in ihr die immerzu lesende Mutter, Paul in Juliane ein rosengeschmücktes Mädchen mit weißem Kleid. Doch keiner sagte ein Wort. Die Eindrücke wurden wieder zu Träumen.

Der Esel trottete davon, zu einem Haufen Stroh hinter einer Pension am Stadtrand. Hier waren sie am Morgen untergekommen.

Sie stiegen eine Wendeltreppe hinauf. Veronika und Paul öffneten ihre Zimmer, die Namen von Heiligen trugen. An den Wänden hingen Bilder von der Saat und der Ernte. Draußen verglühte das Licht. Es roch nach Holz und nach alten Vorhängen.

Juliane rief Dominik herbei, der auf dem Flur stand und von Zimmer zu Zimmer blickte. »Bist du nicht an unser Haus erinnert?« Sie küßten sich eine Sekunde lang.

Hinter ihnen verrückten Veronika und Paul Möbel und zündeten Lichter an, schenkten zu trinken ein und breiteten zu essen aus. Es entstand eine Unordnung über beide Zimmer, Schatten gingen in den Flur hinaus, rußiges Licht floß über die Wände.

Die Landschaft zu Füßen des Städtchens, begann Paul zu erzählen, sei demütig gewesen, als Veronika auftauchte in ihrer Schönheit. Unter den Glocken der Kathedrale bimmelte in der Ebene das Glöckchen einer in Efeu gekleideten Kapelle. Ein Lamm blökte. An Katzen, Kindern, an Greisen ging sie stolz, in anmutig schwebendem Kleid vorüber.

Das konnte keine Flucht sein. Weder eilte noch schlenderte sie. Weder spähte sie, noch blickte sie bang zurück.

So begab es sich, daß Paul, der vor seinem Haus mit Tieren sprach, glaubte, sie sei eine Pilgerin. Hatte sie sich verirrt? Würde sie Brot und Wasser erbitten? Eine Bleibe für die Nacht? »Wie ist Ihr Anblick strahlend«, sagte er und wußte nicht, ob er sie Dame oder Freundin oder trotz allem Fräulein nennen sollte. Sogar »Gebieterin« und »Herrin« gingen ihm durch den Kopf.

Das Heiligtum befinde sich einen halben Tag von hier, und er streckte die Hand aus nach dem Horizont. Sie sah ihm durch die lupendicken Gläser seiner Brille in die Augen und setzte sich auf die Bank an der Hauswand. Er beugte sich vor, in der Absicht, ihr die Hand zu küssen. Aber er errötete und ließ sich unverrichteter Dinge neben ihr nieder.

Sie fragte, was es sei, das ihn betrübe, und Paul antwortete, er verlange nichts weiter, als zuweilen zu sehen, wie ein Nest im Wind sich wiege auf einer Pappel.

Er hatte die ganze Landschaft im Blick, die Gräser, die Steine, die Wälder und den dunkelblauen Himmel. Zwischen Telegraphenmasten saßen ungezählte Schwalben: »Ich höre ihre kleinen Herzen schlagen. Auch die kleinsten von ihnen, ohne ihn je gesehen zu haben, sehnen sich nach dem Süden.«

Im Wunsch, Anteil zu haben an seinem Wesen, lehnte sie sich an ihn. Fröstelnd in ihrem Sommerkleid, spürte sie seinen Umhang. Ihr Kopf lag auf seiner Schulter, sie glaubte, das Rauschen der Wälder zu vernehmen. Er erwartete das Aufglimmen der Sterne, er deutete auf den blassen Mond. Er entdeckte Veronikas Schlaf.

Drinnen bettete er sie. Ein Scheit fiel auf den Boden. Sie erwachte nicht. Er fragte sich, wie er es verdient habe, sie zu beherbergen.

Als er am Morgen zu den Tieren ging, schlief sie noch immer auf dem Kachelofen, und als sie aufwachte, hatte sie die Sonne schon über eine Stunde im Gesicht. Sie begab sich in den Garten, geblendet wandelte sie an Paul vorbei auf die Wiese hinaus. Sie suchte vergeblich einen Fluß. Das Land war eben, herb die Felder, knorrig die Bäume, weiß und wie ausgeschnitten die wenigen Wolken.

Er sagte zum Esel: »Die Pilgerin ist entschwunden. Es wäre nicht recht gewesen, sie aufzuhalten. Wir wollen uns bescheiden. Ist nicht der Schmerz unser treuer Freund?«

Lautlos kam sie dann gelaufen, aus unerfindlicher Richtung, und sagte: »Warum habe ich meinen Sohn allein zurückgelassen! Um ihn suchen zu können?«

Paul lächelte und machte sich auf. Der Esel folgte ihm, und in einigem Abstand Veronika. Es wurde ihre erste Wanderung. Die Herbstluft kräuselte sich vor Frische. Die Steine im ausgetrockneten Bachbett waren glutweiß. Ein Wind kam auf, kämmte das tiefe Gras und nahm bald die Kälte eines Sturms an. Neue Wolken zogen keine auf, und die noch da waren, verfinsterten sich nicht. Die Sonne schien unverschleiert weiter, während sie sich von der Erde entfernte.

Am Abend lag ein schneeloser Winter über dem Land. Die Felder zogen sich hin wie Strände ohne Meer. Sie traten den Heimweg an. Vor der Pforte legte Paul eine Hand an die Stirn und bat Veronika um einen Gefallen: ihm seine Verzagtheit abzunehmen, sie gehöre ihm nicht. Halb verwehten die Worte und wurden übertönt vom Klappern der Fenster, halb kamen sie bei ihr an, so daß sie, dem Singen nah, erwiderte: Sie übergebe ihm dafür gerne die ihr so liebe Trauer!

Den Esel nahmen sie mit in die Stube. Er schlief zu ihren Füßen. Und während auf dem Herd Töpfe dampften, war Paul verloren wie sie, Veronika wehmütig wie er. Sie trauerte seiner Jugend nach, er gedachte ihrer Spaziergänge mit Mann und Kind. Die Einfühlung war durchwoben von unangemessenen Gesten. Am Ende rief sie aus: »Warum sollte mir die Verzagtheit gehören? Gar nichts gehört mir!« –

»Und mir erst die Trauer?« entgegnete Paul. »Eher noch gehört sie einem vorüberhoppelnden Hasen!«

Sie standen auf, schüttelten die Glieder aus und wollten schlicht sein. Sie merkten, daß ihre verschenkten und weiterverschenkten Erinnerungen deutlicher geworden waren. Sie schweiften umher auf der Suche nach einem Ort für sie.

Ohne Nässe verging vor dem Fenster der Herbst. Die Blätter hörten im tiefen Winter nicht auf zu fallen und blieben liegen wie Steine. Das Land wurde täglich trockener und karger in allen Abstufungen. Weiß war allein der Himmel, wenn an den Nachmittagen sein Blau verblaßte, und von Eis schienen nur die Sonnenstrahlen zu sein, die die Gegend streiften.

Nur wegen der Tiere verließen Paul und Veronika die Stube. Sie las alte Bücher vom Dachboden, er schrieb Briefe. Der Ofen knisterte, Eingemachtes schimmerte auf den Fensterbrettern. Schnaps stärkte sie. Eines Tages sagte er: »Wir lieben die Heiterkeit, aber wir ängstigen uns vor dem Gemütlichen. Vor vielen Jahren hatte ich in der Stadt einen Nachbarn. Der lebte, umgeben von Dunkelheit, in einer Mansarde, so einsam, daß die Bewohner des Hauses ihn vergaßen. Als ich einmal bei ihm anklopfte, sprach er nicht ein Wort. Er war dabei, in der Nacht seiner Verlassenheit einen Stern ohne Namen zu entdecken.«

Veronika hielt vor Sehnsucht nach Dominik nicht mehr an sich. Sie band sich das nächste Fell um, stieg in irgendwelche Stiefel und sagte zu Paul, sie werde draußen auf ihn warten, denn sie müßten losziehen.

Lange sprach sie vor der Tür mit den Tieren, als hätte sie das immer getan. »Ob er einen Lehrmeister gefunden hat in der Fremde? Oder zuletzt irgendwo Zuflucht vor der Kälte erbittet?«

Dann trat Paul heraus. Sie machten sich auf den Weg wie verkleidete Adlige, der Esel ging mit dem Habitus eines Pferdes neben ihnen her.

Mit seinem Interesse an der »Wissenschaft der Nester« nahm Paul den Schwung aus der Reise. Veronika, je mehr sie vorauseilte, wurde zur besorgten Mutter. Als sie am Ausgang des Waldes innehielt, lag ein überzuckerter Hügel vor ihr. Ein fahler Nachmittag breitete sich über ihm aus.

Hinter dem Hügel waren die Felder schuhtief von Schnee bedeckt. In der Ebene wurde er weich und stiefeltief.

Auf dem Weg kam ihnen eine Frau mit einem hinkenden Mädchen entgegen. Der Esel blieb stehen, sie sahen schüchtern zu Paul und Veronika auf. Die Mutter hatte volle, rote Wangen und das Mädchen eingefallene und blasse. »Was können wir für euch tun?« fragte Paul. Ihre Augen waren ängstlich, und sie antworteten nicht. Da bot er ihnen zu trinken an. Sie nahmen beide einen Schluck. Die Mutter sagte leise: »Verehrte Herrschaften, das Heiligtum ist tief eingeschneit.« Das Mädchen berührte sie an der Hüfte: »Weine nicht, Mama.« Und es setzte den Weg fort. Die Mutter, rot übers ganze Gesicht, folgte der Tochter.

Paul und Veronika gingen an der Kapelle vorüber, nachdem sie die Fußstapfen, die zum vergitterten Eingang führten, betrachtet hatten. In Gedanken an die Mutter und das Mädchen wanderten sie bis zum nächsten Dorf.

Dumpf klang ihre Ankunft durch die Gassen. Der Schnee lag knietief. Vom Mann, bei dem sie ein Zimmer bekamen, sahen sie nicht einmal das Gesicht.

So kamen sie in weitem Bogen von Ort zu Ort. Sie flohen am Morgen vor dem Schweigen, am Abend fanden sie Unterschlupf in ihm. Die Worte schienen zentimeternah vor ihren Mündern einzufrieren und im Schnee liegenzubleiben wie Zweige.

Bald würde die Landschaft daliegen in raschelndem Grün. Doch die ersten Flecken Gras muteten phantastisch an. Die Lehmfarbe unter der Schneedecke glaubten sie sich einzubilden. Das Sprudeln der Bäche war der Klang eines Märchens.

Sie atmeten bereits anderes als reine Kälte oder den Geruch gefrorenen Strohs der Ställe: den Duft der verfrühten Blumen. Und dann meinten sie, in den Bäumen über ihnen das Knospen zu vernehmen. In Wahrheit handelte es sich um den Anfang eines wochenlangen Tropfens, das eine taumelnde Landschaft zurückließ.

Sie bewegten sich vorsichtig schreitend hindurch. Es war Ende März, die Luft trocken und lau, als Veronika in der Ebene stehenblieb, ihr Fell abwarf, die Stiefel auszog und sagte: »Ich bin trauriger denn je. Wir haben zu suchen vergessen.« Paul aber sagte: »Nicht alle Blumen sind von seltener Pracht. Manche sind so schlicht, daß man sie nicht suchen kann.«

Sie zogen weiter, Veronika in der Überzeugung, sie bedürfe seiner Bilder nicht mehr, Paul im Wunsch, nicht zu einer ausgewachsenen Frau, sondern zu einem Mädchen zu sprechen, das belehrt werden will.

Nach ein paar Tagen standen sie vor der Stadt. Die Sonne trat aus der Frühlingsmilde. Sie bezogen ihre Herberge. Dann bummelten sie durch die Gassen und hörten, wie Kaffee geröstet wurde.

Veronika erbat sich Geld, um sich einzukleiden. Paul gab es ihr bedächtig. Eine Hand auf dem Rücken des Esels, ging er durch die Gassen und hing seiner Jugend als Dichter nach, einer Welt von Ornamenten. Er und seine hochmütigen Gefährten waren in verwinkelten Wohnungen gewandelt; unter flackernden Wänden wurden mit Singsang Epopöen vorgetragen. Glaskunst zierte die Fenster, und davor befanden sich die Musen, unbewegt und wächsern.

Gegen Mittag umarmte ihn Veronika. »Nicht für mich habe ich mich schöngemacht, sondern für Gustav, Dominik und dich.« Er blinzelte: »Wenn wir niemanden haben, werden wir einsam und stolz wie Engel, die selbst nicht an sich glauben.«

Er wollte mit ihr die Stadt erkunden. Sie fürchtete sich, enttäuscht zu werden.

Und als wäre noch einmal der erste Tag, verschenkte sie ihre Erinnerung und er seine Zuversicht.

Sie standen in der Sonne. Kreidige Schatten von Arkaden lagen zu ihren Füßen auf dem Marmor.

Hinter der Fassade gegenüber läutete eine Glocke zum Mittag.

Paul schlief ein, wie er dasaß, sein Mund stand offen. Dominik wechselte einige Male das Zimmer und nickte, als hätte er keine andere Wahl, auf einer unbezogenen Matratze im Flur ein.

Juliane ging zu Veronika und erzählte ihr von der Mutter. Später standen sie draußen, überrascht, sich von Dominik und Paul getrennt zu finden. Eine Zeitlang meinten sie, vor ihnen davonzulaufen. Ihre Unvertrautheit war atemberaubend. Veronika breitete auf dem Hauptplatz die Arme aus, Juliane versuchte ein paar Schritte zu hüpfen. Sie bewegten sich eingehängt von Lichtkegel zu Lichtkegel der Laternen.

Sie begaben sich durch eine Villensiedlung an den anderen Stadtrand. Hier lief die Straße zu einem weitläufigen Rund aus, in dessen Mitte tropische Pflanzen sprossen. Über ihnen wurde lauwarmes Wasser versprüht.

Einige Augenblicke fühlten sie sich wie Kinder im Urlaub, wenn die Eltern schon schlafen. Und dann kamen sie statt an einem Hotel an einer Kirche aus der neuen Zeit vorbei, und statt in eine Promenade bogen sie in eine Siedlung mit Hochhäusern ein. Sie blickten hoch, und Veronika wollte wissen, ob es im Himmel Jahreszeiten gebe.

In einem kargen Park dachte Juliane an die Klippen und die bewegte See. Sie kauerte sich neben einer Rutschbahn nieder. In den Fenstern gingen Lichter an, vereinzelt traten Menschen auf die Balkone. In ihren Gesichtern wurde die Dämmerung sichtbar und rieselte wie Staub über die Brüstungen.

Als sie einander wiederfanden, schüttelte Juliane den Kopf. Veronikas Berührung am Oberarm wehrte sie ab, sie war ihr zu mütterlich.

Der Morgen begann noch vor Sonnenaufgang zu glühen. Da trottete der Esel über den ausgetrockneten Rasen. Dominik folgte ihm nach und setzte sich, die Augen zukneifend, auf ein Schaukelpferd. Veronika sah den Vater in ihm, sie lächelte und nahm seine Hand. Gemeinsam überquerten sie den Spielplatz. Sie strich ihm durchs Haar. Dominiks Scheitel verschob sich in die Position der Kindheit. Und ihr Trost griff auf ihn über.

Auf dem Spielplatz vernahm Paul von Juliane, wie ihre Mutter in die Wellen gestürzt sei. Er ging vor ihr hin und her: »Du bist unser trauriger Engel, wer möchte daran zweifeln.« Seine Worte verklangen in ihren Ohren, und ihr verlorenes Bild kam zu ihm.

Juliane hörte den Herbst toben. Je lieber sie ein Engel geworden wäre, je ausgesetzter sah sie sich dem Sturm. Sie sprang auf und bat Paul, er möge sie festhalten. »Wenn es einmal Zeit ist«, flüsterte Paul, »so werde ich meinen treuen Gefährten, den Esel, mitnehmen in den Himmel. Und er wird sich nicht zu schade sein, auch euch dereinst durch die Wolken zu begleiten.«

Zurück in der Stadt, schien Paul greiser, Veronika reifer, Juliane und Dominik unselbständiger. Wie Kinder streichelten sie den Esel. Im Schatten der Gassen fröstelten sie plötzlich. In ihrer Wohnung neckten sie sich und setzten hochmütige Mienen auf.

Am Tisch sprachen sie lange kein Wort. Keine Gläser standen da und keine Teller. Sie regten sich nicht, sie begannen zu strahlen. Würden sie eine Familie werden?

Paul schaute sich die Gemälde im Wohnzimmer an und war zum ersten Mal müde vor den Freunden, er sagte: »Ich kenne kein Bild, das nicht einen Verlust darstellte. Seien wir lebendig!«

Dominik verschwand im Flur und kehrte mit Veronikas Tasche zurück.

Während sie sie sachte öffnete, nahm er den Ausdruck des kalten Sohnes an. Sein Blick war der eines Gekränkten.

Aus der Tasche stieg der Duft des Waldbodens. Eine Note von Parfum lag in ihm. Wie sie zwischen den Kleidungsstücken Tannennadeln hervorklaubte, verstand nur Paul sie. Mit dem unerhörten Stolz Dominiks wußte allein Juliane umzugehen: Sie kehrte ihre Kühle hervor. Daneben wäre Dominik gern auf der Stelle verdorrt. Doch er mußte an Julianes Gestalt zwischen den Strandkörben und an ihren Vater auf der Terrasse denken. In den Dünen sah er ihre Mutter. Sie spannte unter der blendenden Bewölkung ihren Schirm auf.

So erinnerten sie sich aneinander und waren umgeben von Landschaften, echt bis in die Grashalme. Als erbarmte er sich, rief im Hof der Esel.

Veronika zog ein zerknittertes Sommerkleid an, Juliane zupfte und zupfte daran, bis es saß. Dominik öffnete Fenster um Fenster, Paul schlüpfte aus seinem Umhang und warf ihn hinunter, dem Esel auf den Rücken.

In der Stadt wirkte ihr Umzug fehl am Platz.

Auf das erste Hindernis stießen sie in einem Park: eine im Gehen lesende junge Frau. Sie überquerte den Weg, setzte sich andeutungsweise hin und begab sich erneut auf die andere Seite, mit einer Hand über die Blüten streichend, die Sträucher entlang.

Nahm sie die leiseste Notiz von ihnen? Paul wollte fragen: »Fräulein, habe ich die Ehre zu erfahren, ob es ein Dichter ist, den sie lesen, oder ein Forscher?« Veronika flüsterte: »Wenn es sich hier nicht um einen klassischen Fall von Warten handelt!«

Als einziger zog Dominik mit Eifer weiter; die übrigen entfernten sich unstet und blaß von der Stadt. Über ihnen brannte die Sonne. Bächlein flossen vorbei. Sie verloren ihre Strömung. Eines verdunstete.

Als Wanderer hatten sie etwas von unerfahrenen Ausflüglern. Kopfbedeckungen, Sandalen, Proviant fehlten. Der Esel, als Haustier, war zu wenig wendig, Paul, als alter Mann, zu wenig gewarnt vor der Hitze. Wo Dominik und Juliane pfadfinderisch in Unterwäsche baden wollten, erwies sich das Wasser als fußtief.

Die Leserin, die ihnen in gemessenem Abstand folgte und sich da und dort hinter Bäumchen versteckte, nahm es zur Kenntnis und befand sich allein auf strohigen Wiesen, als sie das Tor eines Anwesens durchschritten. An einem Fluß unter silbernen Birken ging sie ihnen nach und erblickte im schattigen Garten den Esel. Dominiks Gesten beim Öffnen der Fensterläden glichen denen eines Eroberers.

Die Leserin kauerte sich hin. Hatte sie mit ihren langen Zöpfen nicht etwas von einem Streiche spielenden Mädchen? Sie band sie zusammen. Mit Blüten und Blättern verknotete und verzierte sie sie. Hoffnungslos altmodisch, machte sie sich davon.

Ein Wagen hielt am Waldrand, und aus dem Fenster heraus fragte der Fahrer sie, ob er sie mitnehmen solle. Sie stieg ein, und er, Julianes Vater, hatte das Gefühl, einem vernünftigen Menschen zu begegnen. Er fing an, von seiner Familie zu sprechen.

Als sie sich tags darauf wiedertrafen, sagte sie: »Zum Glück unterbrechen Sie mich, ich war in die Beschreibung einer Tapete vertieft. Ich heiße Kathrin.«

Sie spazierten in Gedanken an das Sandsteinhaus und seine Bewohner durch die Gegend. Die Präzision ihrer Reden grenzte an Wissenschaft.

Dominik und Juliane badeten im Fluß, soweit es ihn noch gab. Manchmal floß tagelang kein kalter Tropfen vorbei, dann legten sie sich hin, wühlten im Schlick und hielten Ausschau nach Krebschen.

Einmal behauptete Dominik: »Wir sind Kinder der Sonne.«

Sie cremten sich ein, legten sich auf Tücher, der Tag neigte sich.

Veronika schnitt im Garten den Rasen und besprühte Rosensträucher. Paul sah ihr von der Terrasse aus zu; er bat sie zum Tee. »Es gibt einen Punkt, da die Natur sich nicht mehr verschönern lassen will«, sagte er. Sie erwiderte ein zerbrechliches Lächeln.

So verklangen die Gespräche. Sie schritt barfuß über das Gras, im Wunsch, Paul aus der Wortkargheit zu locken. Allein, wenn ihm einmal ein Spruch gelang, so war es ein bekannter.

Dominik und Juliane, gebräunt und beinahe schlafwandlerisch, zeigten sich darüber enttäuscht. Paul sagte zu ihnen: »Meine Lieben, wenn wir voneinander nichts mehr erwarten, werden wir bescheiden sein wie die Tiere.«

In der untergehenden Sonne leuchtete zu Tisch das Gemüse. Es funkelten Wasser und Wein. Klingelnd wurden die Schüsseln herumgereicht.

Sie konnten sich nicht entscheiden zwischen Gewohnheit und Liebe. Ihre Gedanken waren wie Schneeflocken im hochsommerlichen August.

Damals gingen sie, jeder für sich, in der Gegend

spazieren. Dominik bog ein in Richtung der bläulichen Tannen, Veronika zu den noch immer grünen Eichen, Juliane ins drahtgleiche Gestrüpp. Paul beugte sich über Baumstümpfe und schloß die Augen, fast als wolle er Waldgeistern begegnen.

Vor Trockenheit gekrümmte Blätter zerfielen ihnen in den Händen. Sie tasteten sich weiter, es knisterte der ganze Wald. Dann hob ein Rauschen an. »Wind«, dachten sie, »Atem der Natur«, und als sie aufsahen, fielen Tropfen auf ihre Gesichter. Und so glaubten alle, der Wald gebe ihnen Zeichen.

»Es ist Wasser in den Bäumen«, sagten sie sich sodann, und als sie über und über naß waren und Dampf vor ihnen aufstieg, begannen sie, einander zu suchen.

Auf der Ebene trafen sie zusammen. Paul, Veronika, Dominik und Juliane blieb weder das Herz stehen noch waren sie außer Atem. Eher schien ihnen, sie müßten den Regen begrüßen wie einen Gast. Sie deuteten komplimentierend in verschiedene Richtungen. Kein Blitz zeigte sich. Kein Donner grollte.

Im Flur des Hauses staunten sie, daß sie selber tropften wie Bäume. Juliane dachte beim Fensterschließen: »Heute gibt es kein Sterneleuchten«, und Dominik, der den Esel hereinholte: »Von jetzt an werden wir übers Land waten.«

Am nächsten Tag waren aus den Wegen Kanäle geworden. Demütig ertrug das Korn den anhaltenden Regenguß. Es hellte sich auf, während der Himmel und der See in der Landschaft den Ton der frühen Dämmerung annahmen, ein Blau, an dem man sich im Sandsteinhaus nicht satt sehen konnte.

Der Fluß verschwand. Die Birken ragten aus dem Wasser und wirkten wie übergroßes Edelweiß. Die Wälder rundherum duckten sich.

Drinnen verdunkelten sich vor Feuchtigkeit die Wände. Bald trat das Wasser durch die Ritzen der Türen und Fenster.

Angst schien nur der Esel zu haben. Die anderen wandelten mit hochgekrempelten Hosen oder geschürztem Rock umher, vorsichtig verwundert.

Am dritten Tag ließ der Regen nach. Himmel und Wasser erschienen in einem türkisfarbenen Matt.

Gegen Abend hielt eine Barke auf das Haus zu, Julianes Vater und Kathrin saßen darin. Sie ruderten zur Terrasse. Sie banden die Barke an einem Pfeiler fest. Der Esel verstand lange nicht, was geschah. Zuletzt stieg auch er ein, und sie entfernten sich. Hinter ihnen wusch das Wasser langsam die Mauern weg.